KB202008

시간을 담은 노트

시간을 담은 노트

손준식 수필집

도서
출판 북인

시간 속을 거닐다

집에서 가까운 곳에 즐겨 산책하는 공원이 있다. 봄과 여름 그리고 가을과 겨울, 나는 되도록 계절과 관계없이 그곳을 걷는다. 꽃과 나비가 있고 햇살과 바람이 있는 곳. 군데군데 모양을 달리한 벤치가 있어 고단한 다리를 쉬게 하고, 복잡한 생각을 정리하도록 잘 닦인 오솔길이 있어 정겹다. 어쩌다 마주치는 청설모도 놀라지 않는 곳, 그곳에서 나의 수필이 탄생했다.

고향 친구가 그리울 때면 어릴 적 그들과 함께했던 사건들이 우르르 기억 안으로 몰려들었다. 돌아가신 어머니가 그리워 눈물 적시면 까마귀도 용케 알고 까악까악, 대며 같이 울었다. 바스락거리며 가을이 익어갈 무렵, 나의 두 아들의 성장기가 함께 떠올라 빙긋이 웃기도 하고, 정신없이 남편 병수발하며 힘든 순간에도 해맑게 자라는 손자손녀들 웃음소리 들으며 피곤을 잊었던 때가 떠올라 행복했다. 시詩로 풀어낼 수 없는 나의 한스러운 이야기들이 수필의 옷을 입고 춤을 출 때는 편편마다 생생한 드라마가 되어 나를 감동

●

시켰다. 나의 기억들이 그토록 선명하게 재현될 줄은 미처 몰랐다.

　그때부터 나는 진정한 문학이 무엇인지를 생각했던 것 같다. 진짜 문학은 시詩라고 배웠는데, 수필을 쓰면서는 함부로 그런 말을 해서는 안 된다는 걸 알게 되었다. 어떤 게 진짜이고 어떤 게 가짜란 말인지. 무엇 하나를 우위에 둬서도 안 된다는 걸 너무도 나중에야 알았다. 그저 늦게 발견한 문학의 한 장르일 뿐, 나에게는 시도 수필도 대단한 문학임에 틀림없다. 알면 알수록 매력이 있고 알아갈수록 어려운 것이 수필인 것은 분명하다. 하여 스스로 자세를 바로 하게 된다.

　앞으로 몇 편의 수필을 더 쓰게 될지, 몇 권의 수필집을 더 내게 될지는 나조차 모르지만, 이번에 묶는 글들이 나로 하여금 문학의 길을 걷는데 든든한 버팀목이 되었다. 비록 나이에 비해 성글지 못한 글일지라도 내가 걸어온 흔적과 나의 사유와 나만의 철학으로 박음질하였기에 마음이 뿌듯하다.

●

나의 글에 기꺼이 주인공이 되어준 가족과 친구들, 문우와 이 책이 만들어지기까지 애써주신 관계자들께 감사한 마음을 전한다. 뒤늦게 시작한 글쓰기이기에 총량의 법칙대로 열심히, 꾸준히 쓸 것이다. 이번 책이 이루지 못한 세계는 다음 책이 채워줄 것으로 믿는다. 나의 이야기들이 저마다의 역할을 할 수 있기를 또한 바란다.

　폭설이 내린 정초. 그 어느 해보다 시리게 추웠던 몇 날을 견디며 봄을 기다렸다. 봄은 느려도 어떻게든 오고야 말 것이기에.

2025년 4월

손준식

에토스적인 설득미학

유한근/ 문학평론가, 전 ACAU 교수

　손준식 작가는 수필가로 등단하기 이전에 이미 『어느 민들레의 삶』이란 시집을 펴낸 시인이다. 두 번째 시집 『나뭇잎 편지』를 펴내고, 고향 마을 칠곡 웃갓 낙화담 저수지 앞에 시비 〈추억 잠든 곳에〉를 지자체와 동문들이 세워준 향토시인이기도 하다.

　그의 첫 수필집이 되는 이 책 『시간을 담은 노트』는 종합문예지 『인간과문학』에 수필로 등단한 뒤 2년 만에 펴내는 작품집이다. 작가는 문학에 대한 열정이 누구보다도 강하다. 시집을 이미 두 권 펴냈고 2년 만에 수필집을 내기 때문이기도 하지만 그보다는 아직도 자아구현을 위한 창작공부를 끊임없이 하고 있기 때문이다.

　손준식 수필 읽기는 언제나 즐거움을 준다. 지난 세월로 우리를 데려다주는 타임머신을 탄 듯 자연스럽게 소환된 공간 속으로 빨려들어간다. 가독성이 강하다는 것은 작품의 공감력과 감동력 그리고 흡인력이 강하다는 것인데. 이는 글의 색깔 즉 수필 문채文彩의 힘과 더불어 독자를 설득하는 힘 때문이다. 그 힘은 손준식의 문채가

7

가진 사유의 호흡에서 나온다. 산문의 문체도 시 문체처럼 운율이 있다. 그 운율은 사고 또는 사유의 흐름에 따른 리듬으로, 수필에 생명력을 부여한다. 그리고 독자를 끌어당겨 설득한다.

손준식 수필의 문채는 감각적이다. 이는 그가 시인이기 때문인지도 모른다. 그뿐만 아니라 손준식의 수필은 서사적이다. 자연인으로서 살아오는 동안 온축된 체험이 많기 때문일 것이고 그것을 풀어내는 작가로서의 상상력 덕분일 것이다.

어떤 이는 수필을 '인품의 문학'이라고 말한다. 그것은 시나 소설이 지니고 있는 창조적인 상상력과는 다른 수필적인 상상력 때문이다. 수필은 픽션을 용납하지 않는다. 또한 수필은 시적인 표현을 용납하지 않는다. 사실적인 체험을 바탕으로 한 사유적인 상상력만 용납하기 때문이다. 수필의 표현구조에 따른 진실미학을 어느 정도는 인정한다 하더라도 수필에서 중요한 덕목은 '인품'이다. 그것은 우리를 설득하는 가장 큰 힘이 되기 때문이다. 아리스토텔레스가 언급한 에토스적인 설득 능력이 그것이다. 그래서 수필가의 인격, 품격은 어떤 장르의 작가보다도 중요하게 취급된다. 작가의 자연인으로서의 삶과 작가로서의 삶이 한 치도 다르지 않아야 한다는 문예미학적인 판단과 작가정신 때문이다.

필자는 손준식 시집 『나뭇잎 편지』의 시 해설 「절제된 사모곡의 영성미학」에서 "이미지를 중시하는 눈 밝은 시인으로 하늘과도 소통하려는 영성의 시인으로 나아가는 가능성을 보여주었다"고 적었다. 영성은 "신령한 품성이나 성질 즉 영혼이 지니는 품성으로 성스러움 혹은 거룩함의 미학과 관련이 있기 때문에 영성의 미학은 간과할 수 없는" 작가의 정신세계이다.

첫 수필집 출판을 축하하며 시인으로서 또는 수필가로서 정진하기를 응원한다. 아울러 독자들이 그의 넉넉한 에토스에 다가가기를 기대한다.

차례

Part I

내 이럴 줄 알았지

의자

길을 걷다보면 여기저기 군데군데 벤치가 놓여 있다. 옛날에는 시골길을 걸어가다 다리가 아프면 길가에 튀어나온 널찍한 돌멩이 같은 데 앉아 쉬어가곤 했다. 지금은 너무나 편리한 문화생활의 도구로 의자가 쓰인다.

내가 초등학교에 입학했을 때는 책상도 의자도 없는, 교실 마룻바닥에 앉아서 공부했다. 2학년 때 대구 시내 초등학교로 전학을 갔는데, 그 교실에는 책상과 의자가 있었다. 친구들이 앉아 있는 대로 나도 따라 앉아보니 너무 편하고 좋았다. 하지만 적응이 안 되어 어색했다.

내가 어릴 때는 의자를 걸상이라고 불렀다. 나는 옛 추억을 떠올릴 때면 그때 쓰던 말을 하곤 하는데, 나 같은 사람이 의외로 많았다. 애틋하고 정감이 느껴져 좋다는 건데, 얼마 전에 물리치료를 하러 정형외과에 갔을 때 만났던 의사도 그랬다. 진료 중에 무심코 의

●

자를 걸상이라고 말해버렸다. 나이 지긋한 의사는 오랜만에 듣는 걸상 소리가 정겹다면서 빙긋이 웃었다. 걸상은 걸터앉을 수 있는 기구로, 어감부터 딱딱한 느낌이 드는 의자보다 다정하다. 매끄러운 것보다 투박한 것에서 정감이 더 들듯이 나에겐 걸상이 그런 의미로 다가온다.

앉아서 쉴 수 있는 기구로, 의자는 우리에게 있어서 꼭 필요한 생활도구이다. 특히 무릎관절 수술한 사람이나 다리 힘이 없는 이들에게 없어서는 안 될 물품이기도 하다. 예전에는 식당 갈 때면 의자가 있는 곳인가부터 알아보고 들어갔다. 바닥에 앉았다 일어서는 일이 여간 힘든 게 아니었다. 요즈음은 식당마다 거의 입식立式으로 바꿔놓았다. 젊은 세대들도 서구식 생활에 익숙해서인지 의자 없는 곳은 피하는 편이다.

의자는 친한 지인들끼리 만나는 징검다리 역할도 한다. 산책로 근처 공원에 가면 삼삼오오 정답게 앉아 담소 나누는 장면과 마주한다. 그런 곳에는 당연히 의자가 놓여 있다. 공원 벤치다. 시민의 편리를 위해 마련된 벤치는 점점 미적 효과를 내기 위해 다양한 모양과 크기를 선보인다. 누구라도 그냥 지나치지 못하게, 한번쯤 앉았다 가고 싶도록 만들어놓았다. 정겨움이 더한다. 그래서 공원에 가면 마음에 드는 의자에 한참을 앉았다 오곤 한다. 바람이 선선해진 요즘은 시간 가는 줄 모르고 오래도록 머문다.

나에게 의자는 동반자에 가깝다. 집에서도 밖에서도 의자 없이는 곤란하다. 무엇보다 공원 벤치는 아련한 그리움의 도화지이다. 거기 앉아 그려내는 이야기들이 하나둘 쌓인다. 의자에 앉으면 기분 좋은 생각들이 몰려들고 그리운 이들도 덩달아 떠올라 곧잘 추억에 젖는다. 불현듯 달려드는 친구들 생각에, 벤치에 앉은 그대로 전화를 걸어 근황을 주고받는다.

의자의 종류에는 여러 가지가 있다. 학교 교실에는 열심히 상아탑을 쌓아가는 학생들 의자가 있다. 활력과 안식을 불어넣어주는 어머니 손길 같은 의자이다. 공원 같은 곳에서 정취를 느끼게 하는 벤치와 진급하고픈 열의를 불러일으키는 사무실 의자도 있다. 책임자 석인 회전의자는 초보 사무원이 갈망하는 지점일 테다. 그 외 다용도로 쓰이는 의자가 셀 수 없이 많다.

나에겐 특별한 의자가 하나 있다. 손녀가 사준 난쟁이 플라스틱 의자이다. 당시 무릎인공관절수술을 한 나에게 언제 어디서든 편히 앉으라고 사준 것이다. 입석이 별로 없을 때 그 의자는 요긴하게 쓰였다. 우리 집 거실에 놓여 있는 소파보다 더 푹신하고 편안하게 나를 안아주는 큼지막한 의자도 있다. 바로 우리 가족이다. 아들 며느리 손자손녀들은 이 세상에서 가장 귀한 나의 쉼터인 안락의자이다.

나는 의자를 옛말 그대로 걸상이라고 부르고 싶다. 걸상을 말할 때는 얼굴도 가물가물한 옛 친구들이 달려올 것만 같다. 친정어머니 목소리가 들리는 것도 같다. 아련한 이야기들이 하나둘 두둥실 꿈처럼 다가온다. 의자이든 걸상이든 재질이 나무이든 차가운 철판이든 간에 의자는 우리네 인생길 동반자이다. 묵묵히 사람들을 따뜻한 눈빛으로 보듬으며 기쁨과 슬픔 즉 희로애락을 같이 해주는 고마운 친구이다.

의자 없이 어떻게 인생을 논할 것인가. 가정에서도 각자 바쁜 생활을 하다보니 얼굴 마주하고 이야기할 시간이 마땅치 않다. 그럴 때 식구들을 식탁으로 불러모으는 역할을 의자가 하고 있다. 기대어 앉게 해주고 하루의 일들을 부담 없이 말할 수 있는, 모든 이에게 힘을 불어넣어주는 실력자이다.

갈수록 세련되고 깔끔하며 개성 넘치는 의자들을 보게 된다. 가구라기보다는 예술품에 가까운 것들이 자주 눈에 띈다. 몇 년 전 예술의 전당에서 관람했던 카림 라시드 전은 충격 그 자체였다. 상상을 초월하는 그의 작품세계는 가구가 예술이라는 걸 알게 해준 계기가 되었다. 생전 듣도 보도 못했던 의자들을 보며 시간 가는 줄 모르고 감상했다. 앉아도 보고 사진기에 담기도 하고 쓰다듬기도 하면서 하루를 즐겼다.

그렇긴 해도 나는 삐걱거리는 소리를 내주는 소박한 나무 의자가 더없이 좋다. 오랜 세월 자신을 필요로 하는 이들에게 맘껏 품을 내어주고 기운이 쇠잔해진 지금, 자기도 모르게 내뱉는 한숨소리 같아서 마음이 간다. 동병상련의 마음이 느껴지는 건 나도 어쩔 수 없다.

•

더없이 푸른 가을하늘 아래, 상수리 나뭇잎이 한 잎 두 잎 떨어지는 것을 그와 함께 바라본다. 품을 내준 그도 거기 기댄 나도 이제 서두를 일이 없다. 물이 흐르는 대로 바람이 부는 대로 그냥 놔둘 뿐이다. 그럴 수 있어서 다행이고 끝까지 같이 할 수 있는 친구가 있어서 마음이 편안하다.

내가 부르는 시월의 노래

가을은 잠깐 방심한 사이 게으른 여름 숨결에 등 떠밀려, 홀로 누운 나의 아침 창을 흔들었다. 불현듯 느껴지는 서늘한 기운에 얇은 카디건을 걸치고 거실로 나갔다. 베란다 쪽에 자리잡은 식물이 가을 색으로 물들어가고 있었다. 십여 년 반려로 살아온 식물. 그도 알고 맞이한 가을을 나는 물을 주고 떡잎을 떼주면서도 여태껏 몰랐다. 수없이 많은 자연의 신호를 이런 식으로 놓쳤다는 게 허탈하기만 하다. 쉴 틈도 없이 밖으로 돌아다니며 숨만 헐떡였나보다. 몸인들 성했을까. 신장염증 수치가 올라 온가족을 긴장 속에 빠뜨리고, 나 역시 식겁했다. 치료를 받으며 모든 것들에게 미안해졌다.

가랑비가 내린다. 덩달아 기분도 내려앉는다. 우울감이 바닥에 닿을 즈음 아들이 과일과 야채가 든 쟁반을 들고 내 옆으로 와 앉는다. 나의 아침식사다. 이럴 때마다 귀신같이 알고 나타나 나를 웃게 하는데, 이번에는 웬일인지 기분이 살아나지 않는다. 건성으로 몇

●

20

마디 나눈 대화는 금방 아들한테 탄로가 난다. 우리의 일상은 조용하다가 웃고 또 웃다가 언제 그랬냐는 듯 아무렇지 않게 흐른다.

느지막이 운동 삼아 산책을 나선다. 아직도 밖에는 가랑비가 내린다. 우산은 써도 그만 쓰지 않아도 그만이지만, 나는 우산을 펴고 집 근처 한터공원으로 간다. 낙엽 쌓인 숲을 보며 오솔길을 걸으면 먼 추억의 그림자가 나타나 내 가슴을 편안하게 한다. 마음이 가라앉는 날에는 어김없이 찾는 곳이다. 가을비 내리는 오후, 산책길에 만나는 낙엽들이 하나같이 친숙하다. 쓸쓸한 미소 한가득 갈색울음 머금은 채 맥없이 누워 있는 낙엽이 내 기분과 닮아 보인다. 가까이 다가가 손바닥으로 쓰다듬는다. 아름드리 상수리나무, 이끼 낀 바윗돌. 그 아래로 떨어져 아무렇게나 나뒹구는 도토리 알. 모든 것이 눈에 익어 정다운 내 고향 낙화담 오솔길과 영락없이 닮았다.

그 길은 반백 년이 지난 지금도 항상 내 마음속에 그대로다. 억새는 바람결에 사각대고 보랏빛 쑥부쟁이 한들거릴 때 노랗게 흐드러진 들국화는 세라복 소녀의 사라진 꿈을 몇 번이고 채색해주었다. 풀숲을 뛰어다닐 때 발아래 엉겨붙는 도깨비풀 바늘도 정다웠다. 어릴 적 생각으로 도토리 한 알 두 알 주워 가방에 담으니 어깨가 금방 무겁다. 이걸 가져가 뭐하나 싶어, 다시 쏟아 숲에 뿌려주며 오솔길 함께 걷던 친구들 생각한다. 유난히도 목소리가 맑아서 어떤 말을 해도 듣기에 좋았던 그 친구는 머릿결이 곱고 곱슬곱슬해서 부러웠다. 자연스러운 컬이 그대로 세련돼 보였다. 그 친구가 몇 년 전 하늘나라 들꽃이 되었다. 한번 만나자고 통화한 지 얼마 안 되었는데 교통사고를 당했다. 이런 날 그 친구가 있다면 추억 속 그 길을 전화로 이야기하며 함께 걸어갈 수 있을 텐데. 빗물이 눈물되어 뺨 위로 흐른다.

어디선가 까마귀 한 마리 울어댄다. 오래된 상수리나무 어디쯤에 비를 맞고 앉아 그도 누군가를 그리며 우는가보다. 나와 눈이 마주쳤을까. "꺅!" 외마디 소리 내며 어두운 구름 사이로 날아간다.

비에 젖어 어딘가로 떠나고픈 계절. 시월은 내 마음 나도 모를 흔들리는 계절. 떠돌다 닿는 곳은 백 번이고 천 번이고 꿈에도 잊지 못할 고향 집 툇마루. 그곳엔 언제나 다정했던 친정어머니의 살 냄새가 있고 행주치마 내음새가 배어 있고 갓 쪄낸 감자와 옥수수가 나를 기다리고 있다. 또한 내가 좋아하는 밀이랑 콩을 볶아놓은 간식거리가 그대로 있다. 한 움큼 집어먹으면 고소한 맛이 일품이었다. 요사이 아이들은 그냥 줘도 안 먹겠지만 나는 그 어떤 먹거리보다도 그것이 가장 먹고 싶다.

이 가을 가기 전에 어머니 산소에 가봐야겠다. 보온병에 어머니 좋아했던 커피 넉넉하게 챙기고 들국화 한 다발 멋지게 포장해 바치고는, 내가 쓴 시詩 한 소절도 읊어드려야지. "된장국 구신내와 어머니의 목소리가 들리지 않습니다. 못다한 효도에 응어리지는 가슴 저려옵니다." 읊을 때마다 더욱 그리운 나의 어머니. 살갑지 못했던

●

못난 딸이 드리는 뒤늦은 효도가 몇 줄 시여서 부끄럽지만, 이렇게라도 표현할 수 있는 방법이 있기에 얼마나 다행인가. 나중 어머니를 만나면 못다한 사랑으로 으스러지게 안아느려야지.

추억은 아름다움으로 되살아난다 했는데 나에겐 왜 이리 애달픔만으로 다가오는지. 마음이 울적할 땐 그래서 한터공원 오솔길을 찾는다. 나에게 걸을 수 있는 힘을 허락해주는 그날까지 이 길을 찾을 테다. 황혼에 비친 내 모습 들여다보며 먼 길 돌아오느라 수고했다고 손 내밀어 감사인사도 하련다.

내가 부르는 시월의 노래가 비 내리는 가을 길을 가득 채운다.

남편과 술

결혼 상대로 어떤 사람이 좋을까 하고 누군가 나에게 묻는다면 생각하고 말 것도 없이 술 안 먹는 사람이라고 말할 것이다. 알코올 중독자라 해도 좋을 남편과 티격태격하며 신혼 때부터 견디며 살았기 때문이다. 그 사람이 저세상 가고 없으니, 지금껏 덮어놨던 남편의 술 사랑을 풀어놓을 수 있겠다.

내가 어린 나이 때는 남자란 술도 먹고 담배도 피울 줄 알아야 멋있다고 생각했다. 막상 도가 지나친 사람을 만나고 보니 그게 아니었다. 모임에서 몇 잔쯤 마시거나 식사 때 하는 반주 정도는 봐줄 수 있지만, 술 마시고 집을 찾아오지 못할 정도라면 심각하다고 봐야 한다. 남편은 허구한 날 술에 절어 살다시피하여 걱정이 끊이지 않았다.

어느 날 밤중에 병원 응급실이라고 전화가 왔다. 결국 일을 냈구나 싶어 한달음에 달려갔는데, 그는 만취가 되어 병원 침대에 누워

●

24

팔자 좋게 자고 있었다. 집에서 2분도 안 걸리는 길거리에 쓰러져 있는 그 사람을 어느 학생이 발견하고 119를 불러서 응급실에 데려 간 것이었다. 병원에서는 환자가 오면 무조건 피검사와 엑스레이를 찍고 다른 검사도 하는 모양이었다. 그날 진료비가 어마어마하게 많이 나왔다.

지나가던 사람이 술 취해 쓰러져 있는 남편을 발견하여 파출소에 데려다준 적도 여러 번이었다. 파출소에서는 직접 와서 모셔가라고 전화도 수없이 했고, 아예 경찰이 집으로 데려올 때도 있었다. 한번 은 파출소 주임이 남편을 데려와서는 제발 집에 묶어놓든지 하라고 우스갯소리를 하고 갔다. 민폐도 그런 민폐가 없었다. 나랏일 하는 분들께 면목이 서지 않았다. 술 마신 사람 집 찾아주는 일을 시키다 니 차마 얼굴을 들 수 없었다.

희한한 건 그렇게 술을 마시는데도 간이 멀쩡했다. 내가 생각할 때, 술을 이틀 사흘 계속 먹고 난 뒤 며칠 동안 금주하고 식사를 잘 챙긴 덕이 아닌가 싶다. 그런 중에도 자기 몸은 끔찍이 생각하는 사 람이었다.

남편이 외출할 때는 항상 양복 정장을 근사하게 차려입고 나갔 다. 하루 종일 무슨 일을 하고 다니는지 모르겠지만, 그가 밤 늦게 현관을 들어설 때는 행색이 가관이었다. 옷이 술에 전 건 기본이고 여기저기 안주까지 묻혀서 걸레가 다 되어 들어왔다. 세탁소 아저 씨는 드라이클리닝 값만 해도 웬만한 월급쟁이 봉급은 되겠다며 껄

껄거렸다.

　남편은 평생 직장생활을 하지 않았다. 그렇더라도 가만히 집에만 있었다면 상전 모시듯 했을 것이다. 기발한 아이디어가 있다면서 자기 사업하겠다고 큰소리 떵떵 쳐놓고 시작만 거창했다. 하는 듯 마는 듯 어영부영하다가 끝도 맺지 못한 채 빚만 잔뜩 져버렸다. 나는 남편 뒤치다꺼리로 직장인 농협에서 대출해서 갚고 그것도 모자랄 때는 친정에 말해서 논밭을 처분하고 심지어 산까지 팔아 막아주곤 했다.

　지금 생각하니 내가 너무 어리석은 짓을 한 것이었다. 주위에서 밑천 대주지 말라고 극구 말렸는데도 그때는 나도 일확천금을 꿈꿨던 건지, 어떤 말도 귀에 들어오지 않았다. 저러다가 한번은 크게 터트리겠지, 하며 기대도 했던 것 같다.

　말썽부리지 않는 남편과 사는 사람은 이해 못할 일도 많았다. 밤중에 술집에서 전화가 오면 나는 가슴이 철렁했다. 그때 항간에 떠도는 말이, 밤 늦게 다니는 사람을 잡아다가 기름을 짜서 판다고 했다. 친정어머니는 그 말을 정말로 곧이듣고는 남편이 안 들어와도 밤중에 데리러 나가지 말라고 전화를 수시로 하셨다. 딸 걱정에 심장이 망가졌다고 생각하니 죄송하고 마음이 아프다.

　당시 직장 상사와 동료들이 나를 많이도 배려해주었다. 간혹 낮에 남편 데려가라는 전화가 직장으로 걸려오면 그때마다 편리를 봐주었다. 그 덕에 직장생활을 오랫동안 할 수 있었다. 지금 생각해도

●

고마운 동료들이다. 이웃사람들과 내가 아는 사람들은 하나같이 남편한테 전생에 나라를 구했냐고 했다. 저런 마누라 얻은 걸 보면 안 봐도 삼천리라나?

서울로 이사 온 지 얼마 되지 않은 어느 겨울날이었다. 늦게까지 들어오지 않는 남편을 기다리려니 너무나 불안했다. 낯선 거리에서 술에 취해 길을 잃고 아무데나 잠이 들면 어떡하나, 두렵고 막막했다. 나는 온 밤을 두려움에 떨며 하얗게 지새웠는데 그는 아무렇지도 않게 다음 날 멀쩡하게 집으로 들어왔다.

술을 왜 저렇게 정신없이 먹을까, 아무리 생각해도 이해가 안 되었다. 지금 생각하니 시아버지를 보고 배운 것 같았다. 내가 처음 결혼해서 시댁에 가보니 시아버지는 소주 대병을 놔두고 그것을 하루에 모두 마셨다. 함경북도 청진에서 피난온 아버님은 망향의 슬픔을 술로 달래셨다. 항상 〈두만강〉이라는 가요 엘피판을 틀어놓고 울면서 폭음하셨다.

알코올중독은 유전 아닌 유전이 되어 과음을 밥먹듯 하니 남편한테 당뇨가 오고 합병증으로 중풍이 왔다. 뇌경색이라는 의사의 말을 처음 들었을 때 이젠 끝인가 싶은 생각이 들어 슬프고 당황스러웠다. 그러나 시간이 어느 정도 지나니 이젠 술 먹은 사람 찾아다니지 않아도 되겠구나, 하는 생각에 도리어 안심이 되었다. 중풍으로 자리에 누운 환자가 되어 22년간 고생하다 6년 전에 저세상으로 갔지만 끝까지 요양원 같은 곳에 보내지 않고 집에서 돌보았기에 후

●

회는 없다.

더 이상 넋두리 늘어놓다보면 내 얼굴에 누워서 침 뱉는 격이다. 지금은 그마저도 그리운 추억이 되어 남편이 그리울 때가 있다. 술에 만취해 인사불성이 되어 실수를 연발했지만 폭력을 휘두르거나 욕 한번 하지 않은 사람이다. 낭만이 있고 다정한 남자였다. 그렇기에 지금껏 연민의 정을 느끼는지도 모른다. 지나간 세월이 서글플 때도 있지만 한편으론 그 세월이 그대로 멈췄더라면 하는 생각도 간절하다.

언젠가 같이 외출하고 오는 길이었다. 식사시간이 되어 식당에 들어갔는데 술 한 잔하고 싶다며 남편이 내 눈치를 보았다. 큰마음 먹고 소주 한 병을 마시라고 주문해주었다. 그때 남편은 나하고 같이 앉아서 마시니 너무나 행복하다고 했다. 그 말이 지금도 귀에 닿는다. 이해하고 다독거려주면서 술을 자제하게 했더라면 좋았을 텐데, 원망만 하고 무조건 화를 내며 말리기만 한 내 잘못이 이제와 후회스럽다.

보리밭에 가도 취한다는 말을 나는 좋아한다. 어쩐지 낭만이 묻어나는 말이어서다. 직장에서 회식이 있을 때 나는 맥주 한 잔도 마실 줄 몰랐다. 남편 때문에 그랬는지 정말 마실 줄 몰라 그랬는지는 모르겠다. 애주가가 마시는 애주와 알코올중독자가 마시는 폭주는 전혀 다른 음식이라는 생각은 그때나 지금이나 변함이 없다.

한해가 저무는 십이월 끝자락이다. 지금까지도 못다 푼 수수께끼

●

같은 남편의 술 인생이 떠올라 불쌍하고 가엾다. 간밤에 내린 흰 눈이 땅 위에 얼어붙는 것같이 미운 정 고운 정 내 마음에 달라붙어 그리움이 겹겹이다. 그 사람이 그립고 또 그립다. 이런 날 정겹게 마주 앉아 술잔을 부딪쳐주면 얼마나 좋아할까.

그 나물에 그 밥

큰아들이 맞벌이하겠다며 아기 낳으면 봐줄 수 있겠냐고 어렵게 물어왔다. 나는 선뜻 그러마고 했다. 나도 아들 둘을 친정어머니가 다 키워줬는데 당연했다. 며느리와 아들은 어떻게 망설임 없이 대답하느냐며 감동했다. 나는 손자손녀 삼남매를 갓난아기일 때부터 밤낮으로 데리고 살면서 애지중지 키웠다. 아이들이 사랑스러우니 힘든 줄도 몰랐다. 내 두 아들 키운 지가 오래되고 시대에 맞게 키워야 한다는 생각이 들어서 육아책을 사서 탐독하였다.

큰손녀가 옹알이를 하고 기어다니면서 노는 모습에 남편과 나는 손뼉치며 좋아했다. 재롱떨다가 할아버지 얼굴을 할퀴고는 깔깔 웃는데 그 모습이 귀여워서 할퀸 곳이 아픈 줄도 몰랐다. 남편은 엎드려서 얼굴을 더 디밀어주곤 하였다. 나도 그 모습이 귀여워 얼굴을 대줘봤지만 내 얼굴은 절대 할퀴지 않았다. 아기인데도 자기를 돌봐주는 사람은 알아보는 것 같아서 신기했다.

●

큰손녀는 6개월이 지나고부터 유모차 타고 밖으로 나가면 좋아했다. 낮에 동네 한 바퀴 돌고 집 대문을 들어서려고 하면 뒤로 버티면서 들어가지 않겠다고 울음을 터뜨렸다. 그러니 하루 종일 밖으로 돌아다녀야만 했다. 젖병에 우유를 타서 두 개 정도 가지고 다니면서 해질 때까지 밖에 있느라 여름날 아기와 나는 얼굴이 새카맣게 타서 말이 아니었다. 땀이 나면 그대로 흐르고 태양 빛을 있는 대로 받으니 아기나 나나 볼 만했다. 얼마나 행색이 우스웠으면 지나가던 엿장수 할아버지가 엿가위를 철컥대면서 "그 나물에 그 밥이네" 하고 힐끗힐끗 쳐다봤을까. 듣고 보니 우리를 두고 하는 말이어서 기분이 나빴지만 또 틀린 말이 아니어서 나조차 웃음이 터져 나왔다.

큰손녀 채은이는 식성이 좋아 무엇이든지 잘 먹었다. 예를 들면, '슈퍼백' 같은 요구르트를 한꺼번에 두 개 이상 먹었다. 그래서 그런지 팔이며 다리가 잘록잘록 접히면서 지나치리만치 통통했다. 다섯 살이 돼서 놀이터 미끄럼틀을 탈 수 있게 됐을 때 계단을 오르지 못해 낑낑거렸다. 나는 아이가 미끄럼틀에 오를 수 있도록 엉덩이를 받쳐주곤 했다. 이런 모습을 본 아들은 할머니가 너무 먹여서 저렇게 됐다고 나를 원망했다. 그 소리를 들으니 괘씸하기 짝이 없었지만, 곰곰이 생각하니 내 잘못도 큰 것 같았다. 잘 먹는다고 먹을 것을 수시로 주고 간혹 밥을 적게 먹을 때는 밥그릇을 들고 다니면서 다 먹을 때까지 떠먹였으니 그리된 것이었다. 아무려면 아기가 맛있게 먹는 걸 어떤 할미가 마다하겠는가.

그래도 둘째손녀를 보고 나서는 두 아이에게 규칙적으로 간식을 주려고 노력했다. 그랬더니 손녀 둘이 튼튼하고 예쁘게 자라주었다.

큰손녀는 동생을 보면서 샘을 냈다. 유모차를 제 동생과 같이 타려고 하여 할 수 없이 둘이 탈 수 있는 유모차를 사서 끌고 다녔는데 두 아이의 무게에 짓눌린 유모차가 얼마 가지 않아 바퀴가 내려앉아 다시 바꾸기를 여러 번 했다. 아기 옷가게 '꼬까방' 주인이 이런 경우는 처음 본다며 웃음을 참지 못했다. 육아를 하다보면 별의별 웃을 일들이 많고 많았다. 육아일기를 썼더라면 좋았을 것을, 지금에 와서야 아쉬움이 크다.

손녀 둘과 엎치락뒤치락하는 사이 셋째인 손자를 보게 되었다. 남자아이인데도 순해서 보기가 수월했다. 아니, 내가 육아에 익숙해져서 그렇게 느꼈는지도 모른다. 아이는 낳아만 놓으면 스스로 잘 큰다는 말이 맞는 것 같기도 했다. 어느덧, 아이들이 쑥쑥 자랐다. 큰손녀도 유치원에 가고 작은손녀는 어린이집을 보냈는데, 문제는 손녀들이 나와 떨어지지 않으려고 해서 내가 석 달 동안 손자를 업고 복도에 앉아서 손녀들 수업이 끝날 때까지 기다리며 겨우 적응시켰다.

아이 셋을 데리고 매일 같이 오류동 골목길을 오르락내리락하다 보니까 길가에 있는 풀들이 우리를 알아봤고, 거기 어슬렁거리는 길고양이도 우리만 보면 꼬리를 살랑거렸다. 그곳 가게 주인들과 동네 사람들이 우리를 모르면 간첩이라고 농담할 정도였다.

옛날 사람들 말로 아이를 보겠느냐 들일하겠느냐고 물으면 모두 들에 나가 일한다고들 했다고 한다. 아홉 번 잘 보다가도 한번 잘못 보면 봐준 보람이 없다는 뜻이기도 하고, 그만큼 아기 보는 일이 힘들다는 말이었다. 나에게도 생각할 때마다 아찔한 사건이 하나 있다.

2002년에 있었던 일이다. 그해 6월에 우리나라에서 월드컵이 개최되었고 우리 축구선수들이 4강에 진출할 때였다. 온 국민이 열광해서 들떠 있던 어느 날, 나도 텔레비전 중계에 빠져서 정신없이 보고 있었다. 그날 해질녘이 되어도 손녀들이 들어오지를 않았다. 가까운 곳에서만 놀던 아이들인데 불길한 기분이 들어 다급히 찾아나섰다. 마침 큰손녀 친구가 "채은이랑 채림이가 어떤 낯선 아저씨 손 잡고 전철역으로 가는 걸 봤어요" 하고 말해주었다. 순간 머리가 하얗게 되어 전철역으로 뛰어가봤지만 아이들은 어디에도 없었다.

눈앞이 캄캄했다. 하늘이 무너지는 기분으로 아들한테 전화해야지, 하고 있는데 저만치서 "할머니~" 하고 나를 부르면서 두 손녀가 뛰어오고 있었다. 두 다리에 힘이 풀리면서 눈물이 왈칵 쏟아졌다. 아이들을 부둥켜안고 어디 갔다 이제 오니, 하고 물으니 친구 집에서 놀다가 오는 길이라고 했다. 너무 반가워서 더 묻지도 않고 나무라지도 않았다. 큰손녀 친구는 7살 어린 나이로 어쩌면 그리도 엄청난 거짓말을 했는지, 지금 생각해도 온몸에 소름이 돋아날 만치 끔찍한 생각이 든다.

아들 내외는 나에게 조기교육을 시킨다고 걱정했지만 손녀 둘을 다섯 살 때부터 피아노학원에 보내서 고등학교 때까지 피아노 공부를 꾸준히 시켰다. 손자도 유치원 3학년인 7살 때부터 태권도를 가르쳤다. 그래서인지 손주 셋이 자신감이 더해져서 학업성적도 뛰어난 것 같아 보람을 느낀다.

큰손녀가 중학교 들어갈 무렵에 학군이 좋다는 명일동으로 이사오면서 우리는 아들 내외와 살림을 합쳤다. 제 부모들과 따로 사니까 아이들이 엄마아빠 보기를 이웃 아저씨 아줌마 보듯이 하는 것 같아서 신경 쓰였는데 같이 사니까 마음이 편해졌다.

내가 복 받은 것인지, 손녀손자들이 무탈하게 잘 커줬다. 며느리한테 대접 잘 받고 손주들이 나를 극진히 생각해줘서 키운 공이 헛되지 않구나 싶어서 감사한 마음까지 든다. 나한테서 떨어지지 않으려던 손주들이 이제는 장성해서 독립성이 강해진 걸 보면 기특하기만 하다.

아이들이 자라는 것은 세월이 말해주는 것 같다. 큰손녀는 올봄에 결혼했다. 아기 새가 자라서 어미 둥지를 떠나는 것 같아 대견하기도 하지만 허전한 마음이 먼저 드는 건 또 어쩔 수가 없다.

손주들 키운 생각을 하다보니 문득 고사리손 잡고 다니던 오류동

●

골목길이 그리워진다. '그 나물에 그 밥이네' 하던 엿장수 할아버지도 보고 싶다. 무엇보다도 꼬물거리던 우리 아기들 어릴 적 모습과 그 옆에서 세상 다 가진 것처럼 행복해하던 그때의 나와 건강했던 남편의 해맑은 웃음소리도 듣고 싶다. 그때 참 좋았는데….

●

내 이럴 줄 알았지

　양산을 접으면서 마트 계단을 오르다가 헛발을 디뎌 넘어졌다. 넘어지면서 머리를 출입문 두꺼운 유리에 심하게 부딪혔다. 눈이 번쩍했고 순간 정신을 짧게 잃었다. 누군가 달려와서 나를 일으켜 주었다.

　한참 동안 그대로 앉아 있었다. 정신을 차린 나는 장보기를 포기하고 집으로 왔다. 부딪힌 앞머리 부분을 더듬더듬 만져보니 우리하게 통증이 느껴지면서 아기 주먹만 한 혹이 잡혔다. 뇌진탕이라면 어지럽고 메스꺼운 증상이 있다던데, 몇 십 분이 지나도 아무렇지 않았다. 굳이 병원에 가지 않아도 되겠다 싶어서 바로 옆집 사는 아이들한테도 말하지 않았다.

　이튿날 아침, 약속이 있어서 다른 때보다 일찍 일어났다. 거실로 나오니 작은손녀가 깜짝 놀라며 눈을 동그랗게 떴다.

　"할머니, 얼굴이 왜 이래요?"

●

손녀는 성급히 화장거울을 가져와서 내게 보여주었다. 눈 주위가 시퍼렇다 못해 시커멓게 물들어 있었다. 손녀 목소리가 컸던지 며느리가 자기 집에서 쫓아나왔다. 내 얼굴을 본 며느리는 뒤돌아서면서 킥킥대고 웃었다. 내가 대답도 없이 못마땅한 듯 쳐다보자 웃음을 간신히 참으면서 "어머니, 팬더곰이 되었네요" 하더니 또 웃었다. 한번 터진 웃음은 꺼지기 어렵다는 걸 알면서도 내 꼴을 보고 걱정은커녕 웃기부터 하니, 쟤가 왜 저러나 싶었다.

며느리는 한참 만에 웃음을 삼키며 어떻게 된 일이냐고 물었다. 나는 마트에 갔다가 넘어진 얘기를 해주었다. 며느리와 손녀는 머리에 난 혹도 만져보고 시커먼 눈도 들여다보면서 그때서야 병원에 가야 한다고 호들갑이었다. 아무렇지 않으니 걱정말라고 해도 혹시 모르니 가서 엑스레이라도 찍어보자고 했다. 갑자기 심하게 부딪혀 멍든 것이고 그게 밑으로 내려오면서 눈가에 피멍이 든 걸 거라고 내 생각을 전하며 별 이상 없다고 떠밀듯 자기 집으로 돌려보냈다.

막상 외출하려니 큰일이었다. 꼭 참석해야 할 모임이어서 부득이 검정 선글라스를 쓰고 나갔다. 따가운 햇볕을 가리니 눈은 편한데 착용하지 않던 거라 퍽 거추장스러웠다. 땀이 흐르고 선글라스가 낮은 콧등을 타고 흘러내려 어느 장단에 춤을 춰야 할지 정신이 없었다. 모임에서는 왜 선글라스를 썼느냐고 물어와서 대답해주기도 바빴다.

며칠 후 성당에서 미사 볼 때도 선글라스를 쓰고 앉아 있었다. 보는 사람마다 웬 선글라스냐며 혹시 쌍꺼풀 수술이라도 했느냐고 물었다. 그 말에 실없이 웃음이 흘러나왔다. 나는 아무 말도 하지 않고 안경을 벗고 멍든 눈을 보여주었다. 모두들 깜짝 놀라면서 병원에 가서 엑스레이는 찍어봤느냐고, 별 이상 없는 거냐고 숨도 쉬지 않고 물었다. 이미 여러 차례 들었던 질문이라, 그날도 다른 때처럼 천연덕스럽게 거짓말을 했다. 모든 검사를 했는데 아무 이상 없더라고, 이대로 멍만 없어지면 괜찮을 거라고 의사한테 들은 것처럼 말했다.

며칠만 지나면 멍이 풀리겠거니 했는데 날이 갈수록 색이 더 짙어졌다. 범위도 주변으로 점점 넓어졌다. 건수를 만들어서 외출하기를 좋아하는 나는 본의 아니게 감금신세가 되었다. 자주 만나던 이들한테서 무슨 일 있느냐고 전화가 빗발쳤다. 대충 둘러대는 일도 하루이틀이었다. 순간의 실수가 일상을 무너뜨린다는 걸 실감했다. 돌다리도 두드려보고 건너라 했는데, 나이도 잊고 매사에 신중을 기하지 못한 채 덤벙대기만 했으니. 만약 남편 생전에 이런 모습을 보았다면 "내 당신 이럴 줄 알았지" 하면서 핀잔줬을 일이다. 말은 그렇게 해도 무슨 일이 있을 때마다 진정으로 걱정해주던 내 편이어서, 그가 이 세상에 존재하지 않는다는 생각이 불현듯 드니 외롭고 허전했다.

열흘쯤 지난 뒤 해외로 출장간 아들이 돌아왔다. 아들은 내 꼴을 보더니 병원으로 끌다시피 데려갔다. 의사가 머리 혹도 만져보고

●

여러 질문을 하며, 시일이 이만큼 지났는데도 별 탈이 없는 걸 보니 괜찮을 거라고 했다.

눈 주위에 있던 멍이 점점 얼굴 밑으로 내려오면서 색깔이 옅어 졌다. 머리 혹도 차차 작아지다가 두 달 이상 걸려서 원래대로 돌아 왔다. 오랜만에 만나는 지인이 자기도 넘어져서 이마에 멍든 적이 있다고, 자기는 그 즉시 병원에 가서 엑스레이를 찍었다며 내 머리 에 난 혹을 걱정했다. 그때서야 나는 엑스레이도 찍지 않았노라고 했다. 그는 나에게 미련하다면서 혀를 찼다. 그만하기 다행이지, 내 출혈이라도 있었으면 어쩔 뻔했느냐고 다시 걱정을 이었다. 그 사 람 말대로 머릿속에서 미세한 출혈이라도 일어났으면 지금쯤 나는 병원에 누워 있거나 이 세상 사람이 아닐지도 모른다. 아찔했다. 내 미련한 행동이 부끄러웠다.

건강염려증도 문제이지만 나처럼 너무 무뎌도 문제이다. 매사 조 심성 없고 성격이 급한 것도 문제라면 또 문제이다. 몸도 둔하면서 생각이 빠르니 엇박자가 날 수밖에.

내가 여기저기 부딪힐 때마다 내 이럴 줄 알았지, 하며 혀를 차던 남편 얼굴이 다시 떠올랐다. 개구쟁이 사내 아이 둘을 키우면서 내 성격이 변한 걸 그는 알았을까. 눈을 떼면 두 아들이 일을 터트리니 한시도 긴장을 놓을 수 없었다. 직장에 다니랴, 아이들 돌보랴 몸이 열 개라도 모자랐다. 아이들을 친정에 맡겨놓고도 내 시간은 일들

●

로 가득했다. 할 일이 쌓이니 생각이 넘쳐나고 몸 이곳저곳에 알 수 없는 멍이 들어 있었다. 남편은 속도 모르고 내게 덤벙댄다며 나무라기만 했다. 일을 줄이라고도 했다. 갑자기 그의 따뜻한 목소리가 그리웠다.

남편을 생각하며 현관에 벗어둔 운동화를 보았다. 며느리가 넘어지지 말라고 장만해준 발이 편한 본홍색 운동화이다. 살가운 표현은 잘 안 해도 마음을 다해 나를 챙기는 나의 며느리. 오늘 따라 내 핑크빛 운동화가 속 깊은 며느리인 양 정겹게 보인다. 걱정하지 말라고, 이제 넘어질 일 없을 거라며 찡긋, 윙크를 날린다.

모자

　요즘 모자에 관심이 많아졌다. 너 나 할 것 없이 모자 쓴 사람들이 눈에 들어와서일까. 그들은 하나같이 모자가 잘 어울린다. 얼마 전 동아리 모임에 나갔는데 회원 한 분도 모자를 쓰고 있었다. 챙이 넓은 망사레이스가 달린 화려한 핑크빛 모자였다. 보는 순간 감탄이 절로 나왔다. 쓰고 있는 사람에 따라서 다르겠지만 너무 잘 어울러서 보기에 좋았다. 한마디로 멋져보였다. 나도 저런 모자를 한번 써보고 싶다는 생각까지 들었다. 모자를 써본 적 없는 나는 선뜻 용기가 나지 않았다.

　나는 모자를 쓰면 어색한 기분이 먼저 들었다. 그러니 모자를 써볼까 망설이다가 도로 내려놓기 일쑤였다. 얼마 전부터는 추운 겨울에 머리를 보호하기 위해 모자를 쓰고 있다. 고혈압이 있는 사람은 필수로 써야 된다는 말을 듣고부터이다. 여름에도 자외선 차단을 위해 써야 하는데 챙기지 않다보니 얼굴에 잡티가 많이 생겼다.

모자 대신에 요즈음에는 양산을 쓰고 있다.

남편은 생전에 모자를 애용했다. 머리털이 많이 빠져서이기도 하지만 유난히 모자를 좋아했던 것 같다. 그는 언제부턴가 항상 모자를 쓰고 다녔다. 사십대 초반부터 탈모가 시작되었고 아마 그때부터였지 싶다. 거의는 중절모를 애용했는데, 여름용 겨울용으로 여러 색상의 모자를 사 모았다. 생일날 모자를 선물 받으면 무척 좋아했다.

그도 삼십대까지는 반 곱슬머리로 적당한 머리숱을 가진 꽤 괜찮은 남자였다. 머리카락이 빠지면서 자신감을 잃더니 모자를 꼭 챙겨 썼다. 머리숱이 줄면서 당당했던 옛 모습을 찾을 수 없었다. 내가 봐도 속상한데 본인은 얼마나 힘들었을까.

어느 날 강원도로 가족여행을 떠났다. 온 가족이 레일바이크를 타고 바람을 가르며 즐기던 중이었다. 내리막길에서 환호를 지르며 달리던 중에 시원한 바람이 휙, 하고 불어와 남편 모자를 벗기고는 달아나버렸다. 순간, 남편이 어찌나 큰소리로 고함을 쳤던지, 뒤에 오던 사람들이 일제히 멈춰 섰다. 아들은 드라마 주인공이 대본대로 움직이는 것처럼 재빠르게 내려서 말없이 모자를 주워왔다. 그 잠깐의 순간에도 남편은 빛나는 머리를 어찌하느라 여념이 없었다. 나는 그저 창피한 생각에 탈모된 남편의 머리가 원망스러울 뿐이었다. 눈을 가릴 수도 없고 감을 수도 없고, 그렇다고 그대로 남편을 바라볼 수도 없었다. 그때 하필 웃음이 터져나와 애먼 배를 움켜쥐

●

고 입을 틀어막은 채 하늘만 쳐다봤다.

지금 생각하면 남편 마음 이해못할 바도 아니건만, 그땐 왜 그랬
는지 모르겠다. 조금 의연하게, 아들한테 모자를 건네받아 남편 머
리에 씌워줬더라면 어땠을까. 그랬더라면 터지는 웃음 참지 못하고
남편 기분을 더 상하게 했을지도 모른다. 어쨌든 멋을 내기도 하고
보이기 싫은 곳을 감춰주기도 하는, 또 건강을 지켜주는 모자는 우
리에게 고마운 물건이다.

나도 작년 생일에 손주사위한테서 보라색 챙이 넓은 고급스런 모
자를 선물로 받았다. 포장을 열고 감탄이 절로 나왔다. 세상에 이런
모자도 있나 싶었다. 영화 속 귀부인들이나 쓰는 모자였다. 이 모자
를 쓸 기회나 있을까? 이런 생각이 가장 먼저 들었다. 그리고 내 몸
을 내려다보았다. 또 내가 이 모자를 쓴 모습을 상상했다. 픽, 하고
웃음이 나왔다. 손주사위와 손녀는 해맑은 미소를 띠며 한번 써보
라며 내 머리에 모자를 올려주었다. 호들갑을 떨면서 아주 잘 어울
린다고 했지만, 나는 보지 않아도 알 것 같았다. 그저 고맙다고 하
고 모자를 벗어 다시 상자에 담았다.

하루에도 몇 번씩 상자를 열어 모자를 들여다보았다. 볼수록 예
쁘고 고왔다. 이대로 장식만 해놔도 좋겠지 싶었다. 모자를 꺼내 거
울 앞에 섰다. 막상 쓰려고 하니 망설여졌다. 모자를 사온 사람은
그 모자가 예뻐서 선택했겠지만, 솔직히 내게 어울리는 모자가 아
니었다. 색깔이 눈에 띄게 화려한 탓도 있지만 그런 모자를 써보지

●

않아서 어색하고 이상했다. 그러나 손주사위가 사다준 성의가 고마워서 몇 번 망설이다가 쓰고 모임에 나갔다. 쭈뼛대며 입구에 들어서자 모두 손뼉을 치면서 잘 어울린다고 난리였다. 갑자기 멋내는 것을 보니 수상하다고 놀려대는 사람도 있었다. 그러잖아도 쑥스러운데 자꾸만 쳐다보고 놀려대니까 신경이 쓰였다. 그 뒤로 모자를 쓰지 않았다. 큰손녀 내외와 만나는 날은 무슨 일이 있어도 잊지 않고 일부러라도 쓰고 나가려고 한다. 무엇이든지 자주 사용해야 자기 것이 되고 더욱 편하며 빛이 난다는 것도 알고 있다.

청소하다가 거실 한쪽에 걸어둔 레일바이크 타고 있는 남편과 아이들 사진을 보았다. 아들은 그 사진만 보면 다른 데 놓을 수 없느냐고 하지만, 나는 우리만의 추억이 깃든 사진이라서 좋다. 바람에 날아간 남편의 모자 생각이 나서 그때처럼 또 웃는다. 다른 세상에서 살고 있는 남편이 이런 나를 보면 뭐라고 할까? 뭐가 그리 재밌어서 웃느냐고 역정을 낼까? 아니면 나를 따라 허허허 웃어줄까? 웃는 모습이 넉넉했던 남편이 오늘 따라 아련하다. 그곳에서 그는 반곱슬머리 그대로일까. 아니면 중절모를 쓴 멋진 모습일까. 바람이 창문을 두드린다.

아닌 척 자리 옮겨 손주사위가 사준 보라색 모자를 거울 속 내 머리에 얹어본다. 어색한 표정, 남편 향한 그리움으로 흐린 눈시울 적신다.

●

44

두 아들 이야기

비가 내리는 날이면 유독 지나간 옛 추억들이 하나둘 되살아난다. 이 생각 저 생각 끝에 두 아들 키울 때 일이 떠오르면 행복한 웃음과 함께 흐뭇함에 젖는다.

나는 성격이 다른 아들 형제를 두었다. 두 살 터울이지만 연년생이나 다름없다. 큰아들은 상남자에 가깝고 작은아들은 부드러운 형이다. 딸 키운 엄마들과 달리 아들 키운 엄마들이 공감하는 것이 있다. 제아무리 연약하고 여성스러운 엄마들도 아들 둘을 낳고 육아에 허덕이다보면 천하제일 억척장사가 된다는 것. 내 경우도 다르지 않은 것이, 우리 집 큰아들은 장난스럽기가 그 끼를 태어날 때부터 가지고 나온 양 천재적이었다. 동생이 생기고 식구들 관심이 그리로 쏠리자 매사 동생 괴롭히는 데 집중하는 애처럼 말썽을 부려서 잠시도 아이한테서 눈을 떼지 않았다. 동생을 좋아하는 것 같기는 한데, 귀여워하다가도 어느 순간에 해코지하는 통에 늘 긴장해야 했다.

둘째가 갓난아기일 때 방에 재워놓고 일을 하고 있었다. 자지러지는 소리에 쏜살같이 달려가보면 어느 사이 큰아들이 들어가서 아기 얼굴을 할퀴어놓았다. 예뻐서 그랬다고 하는데 혼내줄 수도 없었다. 깜빡깜빡하는 눈을 손가락으로 누르는 일은 예삿일이었다. 자고 있는 아기 배 위에 올라앉아 있기도 하고 아기가 우유를 먹고 있으면 빼앗아 자기가 먹었다. 아기가 소스라치게 놀라 울어대서 가보면 '헤헤' 웃으면서 나왔다. 야단을 칠 수도 없고 웃을 수도 없었다. 동생을 어른들이 귀여워하니까 샘이 나서 더 그런가보다 생각하면서도 정도가 심하니 걱정되었다. 어른들은 그럴 때 야단치는 것보다는 타이르는 편이 더 낫다고 했다. 나는 아이들 심리를 알 수 없어서 늘 헷갈렸다.

둘째가 첫돌이 지나 장난감을 가지고 놀 때쯤 되자 큰아들은 동생 손에 무언가 들려 있는 꼴을 보지 못했다. 손에 들고 있는 것이라면 모두 빼앗았다. 그것이 나무막대기여도 돌멩이여도 무조건 빼앗아 놀지 못하게 했다. 견디다 못한 작은아들이 장난감이 생기면 형 눈치를 살피다가 자기도 가지고 놀지 못할 형편이다 싶을 때 아예 그것을 장롱 뒤에 숨기곤 했다. 그런 걸 보니 어린 아기한테도 원초적인 본능이 있구나 싶어 우습기도 하고 불쌍하기도 했다.

한번은 억수같이 비가 오는데 겨우 걸음마를 뗀 둘째가 형 베개를 질질 끌고 나오더니만 마루 끝에 서서 스르르 마당으로 밀어냈

●

46

다. 어린 가슴에 얼마나 맺힌 게 많으면 저럴까 싶어 놀라우면서도 가슴이 아려왔다.

내가 직장생활을 했기 때문에 큰애가 일곱 살이 될 때까지 아들 둘을 친정어머니가 키워주셨다. 그때 친정집에는 연탄으로도 난방 했는데 연탄아궁이와 장작불을 지피는 아궁이가 따로 있었다. 나무로 만든 부지깽이는 끝이 불에 타서 금방 쓸모를 다했다. 그래서 어머니는 쇠부지깽이를 사용하고 있었다. 그 쇠부지깽이가 위험한 물건이 될 줄은 식구들 누구도 알지 못했다.

하루는 어머니가 밖에서 다른 일을 하고 있는데 안마당에서 놀고 있던 작은아들이 숨이 넘어갈 듯 울어서 달려갔다고 한다. 어느 틈에 큰아들이 불에 달군 쇠부지깽이를 들고 나와 작은아들 팔에 얹어 그 부위가 벌겋게 달아오르고 크게 물집이 잡혀 있었다. 부랴부랴 병원에 가서 화상치료하고 며칠 동안 걱정하며 통원치료를 다녔다. 다행스럽게도 흉터 없이 잘 나았지만 정말이지 아찔한 순간이었다. 이웃 사람들은 형제들이 별나다며 굿을 하라고 했다. 무슨 나쁜 액이 맺혔으니 풀어주어야 한다는 것이었다. 그때만 해도 시골에서는 미신을 많이 믿었다. 나는 아이들 크면서 보통 겪는 일들이라고 웃어넘겼다. 그렇게 요란스러운 유아기를 지나고 칠팔 세가 될 무렵부터는 큰아들이 형 노릇을 하기 시작했다. 밖에서 놀다가 누가 제 동생을 건드리기라도 하면 벌처럼 날아가서 제 동생 때린 아이를 단방에 혼내주곤 했다.

●

그런 것은 좋았지만 형제애가 지나쳐 나를 힘들게 하기도 했다. 한 아이와 싸움이 붙으면 형제가 합동작전을 펴서 달려드니 상대방 아이가 다쳐도 크게 다쳤다. 다친 아이들 부모에게 찾아가 머리 조아리며 밥먹듯이 사과를 했다. 예부터 때린 쪽은 발 뻗고 못 자도 상대편은 편히 잔다고 했다. 우리가 딱 그랬다. 밖에서 맞고 들어와도 속상한 일이겠지만 다른 아이들 때리고 들어오니 불안하고 속이 상해서 잠들 수가 없었다.

한번은 우리 옆집 여자아이 머리를 돌멩이로 때려서 크게 상처를 냈다. 왜 그랬느냐 했더니, 머리카락에 서캐가 보여서 더러우니까 때린 거라고 했다. 우린 다친 아이를 병원에 데리고 가서 치료해주고 며칠 동안 그 집에 가서 약도 발라주고 간식도 챙겨주면서 위로해주었다. 그 아이 부모 얼굴 보기가 너무도 죄송하고 민망했다. 그들이 친한 이웃이고 마음이 넓었으니 망정이지 그렇지 않았으면 어땠을까, 또 그 아이가 그만하길 다행이지 크게 다쳤더라면 어쩔 뻔했나. 아찔했던 순간이 한두 번이 아니다. 나는 그 만약이라는 것이 상상만 해도 끔찍하다. 갖은 우여곡절을 거치면서 두 아들을 키워낸 일이 꿈만 같다.

그 후 둘째아들은 중고교시절부터 성인이 된 지금까지도 두 살 차이밖에 나지 않는 형을 극진히 대접하고 있다. 어릴 때부터 저절로 군기가 들어서 그런지 형 이야기라면 어떤 일이든 잘 따른다. 큰아들도 어렸을 때와 영 딴판으로 반듯한 성인이 되었다. 자기 앞가

림하면서 사회의 일원이 되어 나에게도 제 동생에게도 참 잘한다.

그때 이웃 사람들 말 듣고 액땜 굿이라도 했더라면 어땠을까. 굿을 한 덕으로 형제들 사이가 좋아졌다고 말하고 있을까? 미신을 믿는다는 것은 예나 지금이나 나에겐 정말 어처구니없는 일이 아닐 수 없다.

정다운 이웃 어른들 모습을 떠올리면서 잠시 향수에 젖어본다. 어쨌든 지금 두 아들이 장성하여 서로 일가를 이루고 화목하게 잘 지내니 대견하고 흐뭇하다. 특히 큰아들이 제 동생을 알뜰히 생각해주고 큰 힘이 돼주고 있어서 고맙고 신통방통하다.

오랜 세월이 지난 지금도 비만 오면 작은아들이 겨우 걸음마 뗐을 때 그 일이 생각난다. 제 형 베개 끌고 와서 축축한 마당에 던져버렸던 그 장면은 너무도 생생하다. 내가 큰아들네 손녀손자에게 그 이야기를 하면 "우리 아빠 정말 못된 개구쟁이였네. 오죽하면 애기삼촌이 그랬을까" 하고 큰손녀가 저희 아빠를 난감하게 만들곤 한다. 우리 가족은 또 그렇게 한바탕 웃는다.

육십여 년 전 일이 엊그제 일같이 기억되니 모정母情은 말 그대로 영원불멸한 것인가. 자식들 일을 그 옛날 그대로 뇌리 속에 담고 있으니 말이다.

빗방울이 굵어지고 있다. 할 수만 있다면 이 빗줄기 타고 그 옛날로 돌아가고 싶다. 힘들긴 해도 참 좋은 시절이었다. 나의 두 아들과 사랑하는 어머니와 건강한 나의 남편과 함께 하하호호 웃으며 널따란 대청마루에 밥상 차려두고 앉아 행복해하던 그날이 그려진다. 나의 바람에 화답하듯 더욱 굵어진 빗방울이 유리 창문을 투두둑, 투두둑 두드린다.

터널 속에서

거실 한 쪽에 걸려 있는 가족사진을 바라본다. 9년 전 한 뷔페에서 가족 친지들과 나의 칠순 생일파티를 하고 돌아오는 길에 찍은 사진이다. 사진 속엔 돌아가신 남편이 행복한 모습으로 웃고 있다. 그 모습을 보다가 갑자기 막내아들이 했던 이야기가 떠올라 나도 모르게 웃고 말았다.

며칠 전 일요일이었다. 막내아들이 소주 한 병과 마른오징어 한 마리를 가지고 남편 산소에 다녀왔다고 한다. 종이컵에 소주 한 잔 부어놓고 절하고 나서 산소 주위를 둘러보려고 자리를 잠시 뜬 사이 희한한 일이 벌어졌다. 묘지 위를 배회하던 까마귀가 상석에 올려놓은 오징어를 낚아채 날아간 것이다. 허허 웃으며 이야기를 전하던 아들이 싱거운 농담을 털어놓았다.

"평소 약주를 좋아했던 아버지가 까마귀로 환생했나봐요. 소주를 못 먹는 한을 풀려고 '오징어나 안주로 먹자' 하고 가져간 것이 아니겠습니까?"

제 몸집만 한 오징어를 물고 간 까마귀를 생각하면 우습고 그만큼 제대로 상상이 간다.

남편은 뇌졸중이 오십대 후반에 와서 20여 년간을 투병했다. 괴롭고 긴 병간호를 버텨낼 수 있었던 것은 여고시절에 만난 인연이라 연연한 정이 있었기 때문이며, 또 맞벌이하는 장남의 아이 셋을 키우면서 시름이 잊히곤 했기 때문이다. 남들은 어린 아이 키우는 것이 밭일하는 것보다 힘들고 못할 일이라 했지만 나에게는 세 명의 손주가 나를 구원해주고 지탱해주는 든든한 버팀목이었다.

첫 손녀 볼 때는 며느리한테 육아책을 사달라고 해서 이유식 만드는 법 등을 배우며 육아에 대한 지식을 익혀나갔다. 옛날에 내 아이 둘을 키울 때 했던 방식은 이미 많이 잊어버렸고, 시대가 바뀌어 신교육이 필요하다고 느꼈기 때문이다. 첫째 손녀가 유치원에 입학하여 적응할 때까지 불안해하는 아이의 마음을 안정시키기 위해 매일 한 시간 이상씩 복도에 서서 지켜보았다. 2~3개월 극성을 부린 때문인지 유치원 생활을 잘 마치고 초등학교에 들어가서도 아무 어려움 없이 모범생으로 잘 성장해나갈 수 있었다.

둘째 손녀 유치원 졸업식 때는 원장님께서 감사장과 예쁜 양산을 선물해줄 정도였다. 뭐라도 챙겨주고 싶어서 원생들 소풍갈 때마다 김밥과 닭강정을 만들어주고 음료수 등을 지원해준 것에 대한 감사 표시였던 것 같다. 이런 즐거움 속에 젊은 엄마가 된 기분으로 생활하다보니 갱년기가 언제 지나갔는지 모르게 흘러가버렸다. 그 사이 현대의학이 발달해 남편도 어느 정도 거동을 할 수 있게 되었다. 손주들 재롱을 보는 것이 남편에게 약이 된 듯하다. 손녀손자들이 무탈하게 잘 자라준 덕분에 항상 감사한 마음으로 일상생활을 해나갈 수 있었다.

손주들을 키우다보니 친정어머니가 내 두 아들을 돌봐주었던 일이 생각났다. 직장에 다니면서 아이들을 돌볼 수 없을 때 친정어머니가 아이들을 맡아 키우셨다. 지금은 전기밥솥도 있고 세탁기도 있어서 아이들 뒷바라지도 편하게 할 수 있었지만 그때는 달랐다. 모든 것이 부족하고 열악한 상태라 어머니께서 얼마나 고생하셨을까 생각하면, 일찍 그 마음을 헤아려드리지 못한 것이 죄송스럽다. 간식 종류도 마땅치 않았던 시절, 어머니는 나의 아이들을 위해 밤낮으로 음식을 만들어내느라 최선을 다하셨다.

어머니가 그토록 외손자들을 정성을 쏟아 키우신 것은 가슴에 묻은 남동생 때문이었다. 밤톨처럼 단단하고 총명한 아들을 하루아침에 잃어버린 어머니의 아픔을 누구도 달래줄 수 없었다. 책가방을 들고 학교에 간 아들이 돌아오지 않은 밤, 어머니는 기차길 앞에서 통곡하며 정신을 잃었다. 어머니의 한스러운 시간이 우리 아이들의 재롱으로 잠깐씩이나마 잊혔는가는 모르겠다. 다만 아이들을 끌어안고 쓸쓸하게 웃으시는 어머니 모습에서 나만이 읽을 수 있는 그분의 외로움을 보았다고나 할까.

●

우리의 슬픔을 비웃기라도 하듯 어머니 끓는 마음에 기름 붓는 사건이 터졌다. 윗동네에서 풍수일을 보는 조풍수란 사람이 있는데 그 사람 부인이 어느 날 우리 집에 찾아왔다. "아이고, 딱하십니다. 우리 애들 아버지가 그러는데, 이 댁은 올해 산소 이장을 하면 큰일이 생긴다고 어르신께 말씀드렸답니다." 그 말인즉슨 동생이 죽기 몇 달 전에 밀양 선산에 있는 증조할아버지 산소를 할머니가 누구와의 상의도 없이 고집대로 이장했는데, 그것이 동생의 죽음을 불렀다는 것이다. 미신을 믿는 건 아니었지만, 이 말을 듣고 어머니와 나는 억장이 무너졌다.

"어머니 소원대로 이장해서 손자 죽게 하니 좋으세요?"

평소에 어른들께 한마디 대꾸도 하지 못하던 어머니가 화산이 터질 듯한 소리로 할머니한테 대들었다. 처음이었다. 할머니도 손자 잃은 슬픔에 정신이 나간 상태였는데, 이장 사건으로 기가 죽어 한마디 말씀도 못하고 그대로 몸져누우셨다. 어머니가 나물을 데치면 끓는 물에서 건져 만져보고, 너무 물렀다 싶으면 그대로 나물 담긴 그릇을 부엌 밖으로 내던졌을 정도로 무서웠던 할머니였는데, 그날은 죄인이 되어 숨소리조차 내지 못하였다.

슬프고 어둡고 괴로운 마음의 터널을 우리 친정식구들이 어떻게 지나왔을까를 생각하니 흐르는 세월이 자연스레 슬픔을 씻어준 것은 아닌가 싶다. 어머니는 외손자를 보면서 그 천연덕스러운 귀여움에 마음의 위로를 받았는지도 모른다. 아이들이 있었기에 비교적

●

빠르게 터널을 빠져나왔는지도 모른다.

이후 어머니 노후를 나의 아들이 지극정성으로 챙겨드렸다. 병간호와 병원치료를 보조하면서 극진히 보살폈다. 땅 위에 씨앗만 뿌리는 대로 거두는 것이 아니라 사랑도 뿌리는 대로 거두는 법이라는 걸 알게 되었다. 어머니께서는 당신이 죽으면 땅에 묻지 말고 꼭 화장해달라고 하셨다. 그분이 소원한 대로 납골당에 모셨다.

어머니 모습이 천천히 나에게로 다가온다. 가만히 끌어안는다. 이제는 나의 손녀손자들도 모두 성장하여 거꾸로 나를 보살피고 모르는 것은 자상하게 가르쳐주니, 나도 뿌린 사랑을 거두는 중이라 할까.

문학을 하며 꿈을 키워나가는 일은 내 노년의 삶에 건강한 심신을 선물하며 무한한 열정과 용기를 북돋아준다. 이런 나의 삶과 관련하여 둘째손녀 대학교 재학 중에 동아리에서 작품 발표를 한 일은 두고두고 나를 뿌듯하게 한다. '제2의 인생'을 주제로 내 프로필 사진을 넣고 나의 시詩 「사모곡」과 「임종」 그리고 「해돋이」 등 몇 편을 소개했다는데, 이 말을 들었을 때 정말로 멋진 제2의 문턱을 넘어가고 있는 나를 발견한 것 같아 가슴이 설렜다. 앞으로의 여생도 파이팅하며 축복받는 인생길을 걸을 터이다. 여유 있고 품위 있게, 그리고 아름답게.

Part II

세 마리 고양이

6월 어느 날 밤에

　이른 저녁을 먹고 텔레비전을 보고 있었다. 작은손녀가 강아지 호두와 함께 산책을 나가자고 했다. 집에서 가까운 강동아트센터에 운동삼아 나가보았다. 해가 지니 뜨겁던 날씨가 조금은 서늘해졌다. 널따란 잔디밭 탁 트인 공간이 그곳을 찾는 모두의 가슴을 시원하게 해주었다.

　언제부터였나, 아트센터 산책코스는 애완견들의 놀이터가 되었다. 눈을 두는 곳마다 폼 재고 나온 강아지들이 주인 따라 종종거리며 산책을 즐겼다. 손녀와 나도 호두를 데리고 그 길 따라 걸었다. 깜찍한 말티즈와 곱슬머리 푸들이 천진스럽게 어울려 노니는 모습이 귀엽다. 서로 경계하는 것 같다가도 꼬리를 흔들며 금세 친해져 함께 뛰어다닌다. 견주들은 대견해하며 자기들끼리 흐뭇해한다. 그런데 우리 호두는 다른 강아지가 오면 무섭게 짖어대고 함께 놀지를 못한다. 그럴 땐 내 자식이 그런 것처럼 못내 속상하다.

●

어릴 때는 저보다 작은 애가 다가와도 무섭다고 내 뒤에 숨고는 했다. 1살 때 무릎관절을 수술하고 오랫동안 입원하고부터는 식구 외 그 누구한테도 곁을 주지 않는다. 특히 나한테 집착하여 저랑 있으면 누구도 내 곁에 오늘 걸 싫어한다. 5살 때부터는 갑자기 사나워지면서 모르는 사람은 무조건 경계하고 짖어대기부터 해서 곤란할 때가 한두 번이 아니다. 손님이 찾아와도 무턱대고 짖기부터 하고 택배기사가 와도 시끄러워서 난감하다. 어쩌다 배달음식을 시켜먹더라도 강아지 눈치가 보여서 미리 현관 앞까지 나가 배달기사를 기다렸다가 음식을 가지고 들어온다. 그야말로 상전이 따로 없다.

우리 호두를 본 한 아주머니가 푸들강아지를 데리고 다가왔다. 호두는 금방이라도 물듯이 으르렁댔다. 환하게 웃으며 다가오던 아주머니는 깜짝 놀라며 신경질적으로 한 발짝 물러나더니 나에게 한마디 했다.

"애는 어릴 때 어울려 노는 법을 배우지 않았나봐요. 보니까 사회성이 결여된 것 같군요."

그 말을 들으니 그런 것 같기도 하면서 조금 무안하기도 했다. 아픈 호두가 안쓰러워서 오냐 오냐 한 거였는데, 너무 감싸고만 돌았나 싶었다. 좀 더 강하게 키웠어야 했는데 생각하니, 호두에게 미안했다. 그 생각 끝에 먼저 간 남편이 생각난 건 뭘까?

생전에 그는 직장생활에 적응하지 못하고 항상 자기 생각이 옳다며 고집부리는 통에 주위 사람들과 갈등이 끊이지 않았다. 자기 자신을 이기지 못하고 맨날 술로 대신했던 그를 지켜보며 나는 많은 밤을 말없이 지새워야만 했다. 어릴 때 버릇 여든까지 간다고, 동물이나 사람이나 처음부터 교육을 잘 받아야 하는데, 남편은 마음만 좋았지 살아가는 방법을 옳게 배우지 못한 것 같았다. 꿈이 컸던 그를 누군가 뒷받침해줬더라면 어땠을까 하는 생각도 해보았다. 제대로 방향을 잡아줄 사람이라도 있었다면 어땠을까 하는 아쉬움도 크다. 희미한 미래를 바라보며 그는 혼자서 얼마나 답답했을까. 자신의 뜻을 마음껏 펼쳐보지도 못하고 일찍 먼 곳으로 가버린 남편을 생각하면 늘 마음이 아리다. 참 좋은 사람이었는데….

이런저런 생각을 하다보니 어느 사이 상현달이 머리 위로 조용히 떠올랐다. 푸르스름한 달빛 아래 앉아 가물가물 잊히는 그 사람 얼굴을 그려본다. 숲속에서 울어대는 풀벌레 소리 들으니 자하연 공원묘지에 홀로 가 있는 남편 모습이 떠오른다. 무엇보다 그곳에서 이웃 혼령들과 탈 없이 잘 지내고 있는지 궁금하다. 거기서도 자기 버릇 버리지 못하고 철 늦은 망초 대같이 뻣뻣하게 굴면 곤란할 텐데, 하는 생각을 하다가 피식 웃고 만다.

지금이라도 호두 성격을 바꿀 수 있을까? 밖으로 데리고 나와 열심히 산책시키면서 다른 강아지들과 만나게 하면 어떨까. 여직 혼자만 오냐오냐 키워서 그렇지, 다른 강아지들과 어울려 놀게 하면 온순해지고 사람들도 좋아하게 될지 어찌 알겠는가. 그러다보면 누구한테나 사랑받는 귀여운 호두가 될지도. 상현달이 꽉 차서 보름달이 되듯, 우리도 알찬 하루하루를 만들어 가면서 생활하다보면 모나지 않은 둥근 삶을 살 수 있는 것처럼 호두라고 다를 게 뭐 있겠나.

6월, 싱그러운 밤공기 속으로 아이들은 신나게 뛰어놀고 나는 달빛에 긴 그림자 드리우며 호두를 두고 푸른 낭만에 젖어본다.

끝자락에 서보니

여름이면 초파리를 자주 본다. 과일이나 음식물 찌꺼기가 있는 곳에는 어김없이 초파리가 등장한다. 어디에 숨어 있다가 귀신같이 나타나는지, 모를 일이다. 놈이 움직이는 걸 들여다보면 너무도 작은 것이 재빠르기까지 해서 귀엽기조차 하다. 사람들은 왜 그리 초파리를 못 잡아죽여 안달인지 모르겠다. 무슨 병균이라도 옮길 것처럼 꺼려한다. 하수구에서 올라오는 바퀴벌레 보듯이 싫어한다. 이렇게 말하는 내가 비정상일지 모르지만 어쨌든 살려고 날아드는 것이 장하지 않나. 한갓 미물에까지 인정이 묻어나는 걸 보면 나도 인생 종착지에 접어들어 생명 있는 모든 것에 측은지심이 발동하는 게 아닌가 싶다.

어릴 적 시골집에 파리가 들끓으면 파리채로 잡고 끈끈이 사다가 붙이고 야단법석을 하였는데, 그 파리와 초파리가 다르긴 해도 지금의 나는 내가 생각해도 우습기만 하다. 밤마다 마루 끝에 켜놓은

●

전등불 주위로 하루살이가 달려들어 타죽는 것을 보면 예전부터 애처로웠다. 그냥 지나쳐도 될 일에 신경이 쓰이다보니 부처님이 나에게 자비심을 너무 많이 내려주셨나 하는 생각도 든다.

며칠 전 우리 아파트 3층에 살던 캣맘부부가 이사를 갔다. 아파트 화단에 군데군데 고양이 사료를 놓아주고 비바람 피할 집도 마련해 주던 이들이다. 그 집 아저씨 일하는 곳이 집에서 너무 멀어 가까운 곳으로 이사 간다고 했다. 그 말을 들으니 섭섭함은 둘째이고 고양이 걱정이 앞섰다. 내가 대신해줄 형편도 아니어서 앞으로 일을 걱정했더니 한 달에 두 번 정도 찾아와 돌봐주겠노라고 했다. 자기들이 오지 않아도 고양이가 영리해서 먹이주는 곳을 알고 잘 찾아갈 거라고도 일러주었다.

그들이 떠난 뒤 아파트 주변을 돌아다니는 고양이를 보면 신경이 쓰여 플라스틱 통에 물 한가득 담아서 화단 구석에 놓아주었다. 우리 집 강아지 호두 사료도 담아서 놓아주니 마음이 조금 가벼워졌다. 손녀 말로는 고양이와 강아지 사료는 다르다고 했다. 내 생각으로는 고양이도 배가 고프면 사람이 먹던 음식쓰레기를 뒤져먹는데 뭐든 먹어야 하지 않나 싶다. 그렇다고 고양이 사료를 사놓고 당번 삼아 내가 그들을 챙겨 먹일 자신은 없다.

마음대로 할 수 있다면, 내 소원은 마당이 넓은 집을 마련하여 들고양이들을 있는 그대로 데려다가 키우고 싶다. 그곳에는 초파리들도 마음껏 날아다녀도 좋다. 내가 길 가다가 간혹 쌀튀기과자를 던져주면 하나둘, 나중에는 여러 마리가 와서 쪼아먹곤 하던 비둘기도 배불리 먹으면서 살게 할 것이다. 물론 일개미들도 부드러운 흙집을 지어 평화롭게 안전한 생활을 누릴 것이다. 참, 유기견도 데려다가 행복하게 해줌은 물론이다.

누가 들으면 허무맹랑한 생각을 한다고 핀잔을 줄지 모르지만 솔직한 내 마음의 소리이다. 정말이지 생명이 있는 것들을 보면 왜 그리 불쌍해보이는지 모르겠다. 일종의 병일지도 모른다. 간혹 텔레비전에 소개되는 농장 병아리들을 보면 귀엽다는 생각은 뒷전이고 불쌍하게만 보인다. 저들이 크면 어떻게 될까 싶어서다. 또한 낚시하는 장면이 나오면 채널을 돌려버린다. 물속에서 자유롭게 사는 물고기들이 낚싯바늘에 물려 나오는 것이 너무 잔인해보여서 싫다. 나 역시 고기와 생선을 먹고 살지만 이게 무슨 운명의 장난인가 싶을 때가 많다.

사람들 중에도 어렵고 불쌍하게 사는 어린 가장이라든지 나이들고 병약한 채로 홀로 사는 노인들이 있다. 이들을 보면 가슴이 아프지만 인간이기에 자기 의지대로 어느 정도 헤쳐나갈 수 있고 사회에서 지원도 해준다. 하지만 동물들은 먹을 것이 없으면 자기들이 할 수 있는 것이 없기에 더 측은하고 가엾다.

사춘기 소녀도 아닌 내가 왜 이런 감정에 휩싸여 고민하는 건지 모르겠다. 자연의 모든 생명체는 이치에 따라 살아가게 돼 있다고, 나에게 쓸데없는 걱정 그만하라는 친구의 염려가 아직은 귀에 와닿

지 않는다. 황혼의 길 끝자락에 서 있으려니 모든 일들이 허투루 보이질 않는다. 저마다 의미가 있어 보이고 사연 없는 대상이 없다. 울적한 내 마음을 흔들어 깨우기라도 하듯 핸드폰 카톡이 울린다. 부산 친구가 보내준 이해인의 시 한 구절이다. '인생은 바람이고 구름인 것을'인데, 내 기분을 알고 있었던 것처럼 절묘하게 끌렸다.

　그래, 이도 생멸生滅이다. 너무 가슴 아프게 생각하지 말자. 바람처럼 구름처럼 지나는 세월에 맡겨버리는 것이 최선일지도.

모성애

오늘 생각지도 않게 감동적인 장면 하나를 보았다. 아침 일찍 택시 타고 아산병원에 가서 채혈을 하고는 다른 과 진료 예약시간을 기다리기 위해 병원 뜰 앞 벤치에 앉아 쉬고 있었다. 그때 비둘기 한 마리가 내 앞으로 아장아장 걸어오기에 먹고 있던 카스텔라 한 쪽을 조금 떼어 던져주었다.

웬 횡재냐는 듯 비둘기가 맛있게 쪼아먹었다. 어디서 날아왔는지 참새 두 마리가 그 옆으로 와 그중 한 마리가 비둘기가 먹던 빵 귀퉁이를 뜯어 물고는 포르르 날아갔다. 나는 재빨리 날아간 참새를 따라 시선을 옮겼다. 녀석은 저만치 철쭉나무 아래에 앉아 있는 조그만 참새 입에다 그것을 넣어주는 것이었다. 내가 잘못 봤나 싶어 유심히 살펴보았다. 참새는 다시 돌아와 땅에 떨어진 빵 부스러기를 물고 그 새끼 참새에게로 가서 먼저처럼 입에다 넣어주었다. 새끼 참새는 제비 새끼처럼 입을 벌리고 따박따박 잘도 받아먹었다.

●

세상에, 참새가 거의 다 큰 새끼를 데리고 다니면서 먹이까지 챙겨 입에다 넣어주는 건 평생에 처음 보았다. 경이로운 일이었다. 순간 나는 강한 모성애를 느끼며 가슴이 찡했다. 문득 그 어미 참새가 우리 친정어머니께서 환생하여 나타난 것 같다는 생각이 들었다. 그렇게 생각하니 또 한번 가슴이 아려왔다. 사시사철 아침 일찍 일어나 내가 좋아하는 배추시래깃국에 그때는 귀했던 달걀 두 개를 프라이해서 밥상을 차려주셨다. 먹는 듯 마는 듯 일어나는 나에게 숟가락을 쥐어주면서 매번 더 먹으라며 권하셨다.

오늘같이 더운 여름날은 어머니의 살뜰한 손맛이 더욱 그리워진다. 소쿠리에 넣은 보리밥을 바가지에 담가 차가운 샘물로 몇 번 헹구어서 시원하게 내주면 그게 별미였다. 그 밥에 텃밭에서 금방 따온 풋고추를 된장 찍어 먹을 때 진수성찬이 따로 없었다. 자식들 입에 들어가는 걸 보는 게 가장 보기 좋다고 하면서 생선 가운데 토막을 항상 우리에게 주셨다. 그래서 우리는 어머니는 생선 대가리만 좋아하는 줄만 알고 자랐다. 지금 생각하니 그렇게도 눈치가 없었는지 모른다.

그때는 냉장고가 없어서 우물이 냉장고 역할을 하였다. 여름에는 수박을 통째로 큰 물통에 담아 줄을 매어 우물에 넣어두고는 내가 학교에서 돌아오면 건져서 잘라주곤 했다.

겨울엔 콩나물과 김치를 넣고 밥을 말아 밥시기(김칫국)를 끓였는데, 한 그릇 먹고 나면 속이 거뜬한 게 밖에 나가도 춥지 않았다.

●

항상 자식 먹일 생각에 어머니는 음식 만드는 것을 좋아하셨다. 요사이 해물국수 맛있다고 하지만 홍두깨로 밀어서 만든 콩칼국수 맛을 어디에 비할까. 국수를 썰고 나면 꼬리 부분을 아궁이 장작불에 구워 특식으로 주시기도 했다. 아궁이 속에서 국수꼬리가 퐁퐁 튀어올라오는 걸 기다리는 재미는 보지 못한 사람은 모른다.

　어미 참새를 보면서 잊고 있었던 어머니의 애틋한 정을 새로이 느끼게 되었다. 내가 결혼했는데도 연로하여 노환이 올 때까지 항상 김치와 된장, 고추장, 청국장은 물론 여러 가지 밑반찬을 해서 보내주셨다. 딸이 잘 먹는다고 소다를 넣어 부풀려 만든 울 콩 듬뿍 넣어 만든 밀가루빵까지 보내주셨다. 비 오는 날엔 부추전도 잘해주셨는데 특히 풋고추 들깻잎을 된장에 무쳐서 쪄낸 장떡 맛은 지금도 잊을 수가 없다. 장떡 맛이 생각나서 몇 번 해보았지만 그 맛이 나지 않았다. 지금 생각하니 예사로 받아먹었던 것들이 어머니를 너무 힘들게 해드린 것 같아 죄스럽기만 하다. 어머니는 항상 정이 많고 자식 위해 희생하시는 분이었다.

　어릴 적 친구가 우리 집에 놀러왔을 때 일은 두고두고 부끄럽지만, 어머니와 나만의 특별한 추억이라 가슴이 설렌다. 친구가 우리 집에 들어섰을 때, 씻어 말린 내 운동화에다 운동화 끈을 끼우는 어머니를 보고 깜짝 놀랐다고 했다. 다 큰 아이 운동화 끈을 어머니가 챙긴다는 것이 친구로선 생소했던가보다. 친구는 감탄하면서 나를 몹시 부러워했다. 순간 나는 멋쩍어 웃었지만 엄마 사랑을 받는다는 것을 그때 친구를 통해 처음 알았고 어린 마음에 정말 엄마가 고맙고 자랑스러웠다. 아침에 본 그 참새 새끼도 어미의 은공을 나처럼 세월이 지난 후에나 알 것이다.

이참에 어머니 산소에나 가봐야겠다. 여름 가기 전에 생전 좋아하시던 국화꽃 한 다발 들고 가서 한나절쯤 나무 그늘에 앉아 놀다와야겠다. 상석에 커피 한 잔 올리고 나도 한 잔 마시면서 고맙고, 죄송하고, 보고 싶다는 속마음을 이번에는 소리내어 말씀드려야겠다.

생일

생일 축하 케이크에 불을 붙인다. 나이 수만큼 꽂은 가느다란 초가 황금빛으로 타오른다. 사랑 가득 담은 생일 축하 노랫소리가 거실 안으로 훈훈하게 퍼진다. 행복이 꽃처럼 피어난다.

오늘은 우리 강아지 호두의 10번째 생일이다. 당뇨견이라 평소 고기를 주지 못했는데 특식으로 닭가슴살과 고구마, 양배추 등을 섞어 만든 예쁜 하트 모양 푸딩케이크를 큰손녀가 준비했다. 호두에게 고깔모자를 씌우고 온가족이 각자 가장 행복한 표정을 지으며 기념촬영을 했다.

파티가 끝나면 사진관에 데리고 가서 장수사진도 찍기로 했다. 강아지를 기르지 않는 일반인들은 지나치다고 하겠지만 애완견을 데리고 사는 사람들은 진정으로 찬사를 보낼 것이다. 언제부턴가 애완동물은 반려의 의미를 넘어 자연스러운 가족의 구성원이 되었다.

가족이 둘러앉아 호두 생일을 위해 특별히 끓인 미역국을 먹었다. 주인공이 강아지일 뿐 생일상은 다르지 않다. 그렇다고 상다리가 부러질 정도로 차리는 것도 아니다. 다만 우리 식구가 모두 모여 식사를 한다는 것이 잔칫날과 같다는 것이다. 이런 날이 처음도 아니건만 그날은 문득 잊고 있었던 수십 년 전 내 생일날이 떠올랐다.

대구에 살고 있을 때, 한 달에 한번 하는 지인들 친목회가 있었다. 그날은 명자네 집에서 모임을 가졌다. 여자들 셋만 모이면 쟁반 접시가 깨진다는 말처럼 요란법석 떠들며 시간 가는 줄 모르고 놀았다. 그날 명자네 개가 새끼를 다섯 마리나 낳았다. 누군가 큰소리로 "저 강아지들 생일이 정월 초이렛날이네" 하는 것이었다. 그 말을 이어 내가 "어머나, 저 강아지 생일이 나랑 같네" 했다. 그날은 정말 내 생일이었다. 결혼을 하면서 몇 년이 되도록 내 생일도 모르고 살다가 '정월 초이렛날'이란 소리에 무심코 나온 말이었다.

개구쟁이 어린 두 아들과 술만 좋아하는 남편을 둔 나는 생일을 잊고 산 지 오래였다. 얼마간 침묵이 흘렀고 어느 쪽에선가 부스럭거리는 소리가 들렸던 것도 같다. 한 친구가 부리나케 달려나가 케이크를 사왔다. 모양도 예쁘고 크기도 크고 달고 맛도 좋았다. 생일이 뭐라고, 그날 나는 케이크에 꽂힌 촛불 앞에서도 접시에 담긴 조각 케이크 앞에서도 친구들이 한마디씩 전해주는 덕담에도 가슴 한 자락이 따뜻해짐을 느꼈다. 행복은 내가 갖기에는 멀고, 어렵고, 대단한 거라고 생각했는데 사실은 손을 뻗으면 만질 수 있는, 늘 가까운 거리에서 준비하고 기다려주었다. 엉뚱한 곳만 바라보고, 다른 것만 찾고, 그것이 아니라고 도리질치는 동안 행복은 내 눈에서 점점 멀어져갔다. 그날 친구들이 나눠준 특별한 선물은 살아오는 동안 큰 힘이 되었다.

우리가 어릴 적에는 집안 어른들 생일만 챙겼지 아이들 생일은 쌀밥에 미역국 정도였다. 간혹 어머니의 주머니 형편이 좋을 때는 잡채나 팥단지를 맛보기도 했지만 그런 날은 아주 드물었다. 요즘 아이들 생일파티 하는 걸 보면 입이 쩍 벌어진다. 뷔페식당은 기본이고 전문 사진사에 유튜브 촬영에 내가 보지도 듣지도 못한 것들을 죄 한다. 하기야 시대를 내가 어찌 다 따라 읽을 수 있으랴. 생일 축하문화가 완전히 달라진 것만은 확실하다. 재미있는 현상이다.

이 세상에 태어난 것을 축하받는다는 것은 찬미받을 일이다. 앞으로 나아갈 인생길에 활력소가 될 것이기 때문이다. 한 생명이 태어난 것은 실로 대단한 일 아닌가. 강아지나 고양이, 참새나 비둘기, 집짐승과 날짐승들, 아주 조그만 개미, 날파리들까지도, 인간의 탄생과 마찬가지로 존중받고 축복받아야 한다. 조물주가 우리에게 준 선물이라 생각한다면 생명을 중히 여기는 것은 당연하다.

오늘 따라 호두의 콧등이 촉촉이 젖어 있다. 저도 행복하다는 거다. 생일 케이크에 불이 꺼질 때, 호두는 무슨 소원을 빌었을까?

세 마리 고양이 이야기

지금까지 어미가 버려둔 고양이를 세 번이나 구조하여 입양시켰다. 발견 당시에는 하나같이 생후 2개월쯤 된 아이들이었다. 바로 동물병원으로 데려가 진료를 받고 집으로 함께 왔다.

제일 먼저 발견한 고양이는 냐냐로, 눈에 염증이 심했다. 며칠 동안 주사 맞고 눈약을 넣으면서 녀석은 호전을 보였다. 너무 어려서 한 달 동안 우유를 주고 사료도 물에 불려서 먹였다. 나날이 커가는 모습이 눈에 띄었고 점점 건강을 되찾았다.

냐냐는 하얀 얼굴에 몸통은 까맣고 몸매가 늘씬한 멋진 수놈이었다. 거울 앞을 지나다가 자기 모습을 보고는 놀라서 뒤로 물러났다 앞으로 갔다 하면서 조그만 발로 거울 속 자신을 때리고 하는 것이 너무 귀엽고 우스웠다. 일 년 동안 우리 집에서 잘 지냈는데 나와 친한 동생 경순이가 냐냐를 데려가고 싶어했다. 혼자 살아 외롭다기에 마음이 약해져서 그 집으로 입양보냈다.

●

고양이를 무척 좋아하고 냐냐도 자주 봐서 정이 든 상태였다. 그렇긴 해도 일 년 동안 냐냐와 함께한 정이 무서웠다. 막상 냐냐가 갈 날이 다가오자 보내고 싶지 않았다. 그러나 우리 식구 중에 고양이를 싫어하는 사람이 있고 강아지 호두가 있어서 부득이 보내기로 결정했다. 냐냐를 보내고 며칠 동안 나는 녀석이 보고 싶어서 많이도 울었다. 자식을 떠나보낸 어미 마음이랄까? 가슴 한 구석이 뻥 뚫린 기분이었다.

한해가 지난 어느 날, 우리 아파트 경비 아저씨가 경비실 앞에 새끼 고양이 한 마리가 와서는 가지 않고 자기만 졸졸 따라다닌다고 투덜댔다. 불쌍해서 사료도 주고 돌보고 있기는 한데, 곧 추운 겨울이 되면 어쩌나 걱정이 된다며 한숨을 쉬었다. 불청객으로 찾아왔다며 '불청아' 하고 부르는데 나는 그 이름이 영 듣기에 거북했다. 경비 아저씨가 지은 이름을 무시하고 나는 그 고양이를 '행복'이라고 불러줬다. 이름을 바꾼 탓인지 얼마 되지 않아 행복이는 입양을 가게 되었다.

냐냐를 데려간 그 동생 집이었다. 내가 생각 끝에 그 동생에게 말했더니 냐냐 혼자 있는 것보다 낫겠다고 선뜻 허락하였다. 그 집에 가기 전에 우리 집에 며칠 데리고 있으면서 필요한 병원 진료를 마쳤다. 동생한테 고마워서 행복이 중성화수술비를 지원해주고 사료도 넉넉하게 사서 보냈다. 행복이는 털 색깔이 노랑과 까망이 섞여서 알록달록한 게 무척 귀여웠다. 경숙은 수시로 냐냐와 행복이 근

황을 사진으로 찍어 카톡으로 보내주었다. 덕분에 항상 기쁜 마음
으로 그 애들을 지켜볼 수 있었다.

그러던 어느 날 행복이가 아파서 병원 치료를 받고 있다는 전화
가 왔다. 치료하면 낫겠거니 했는데 뇌암이었다. 고양이도 사람과
똑같이 나쁜 병에 걸릴 거라는 생각은 꿈에도 하지 못했다. 입원하
여 치료를 받았는데도 살지 못하고 끝내 저세상으로 갔다. 동물 화
장장에서 화장 후 행복이의 뼛가루를 인근 산에 묻어주었노라고 했
다. 자식을 앞세운 것처럼 동생 경순은 한 달 이상을 시름에 잠겨
입맛도 잃어버리고 우울증에 시달렸다. 나도 그에 못지않게 가슴이
아팠다. 그 집이 경기도 시흥이라 우리 집에서 거리가 먼 탓에 한번
가본다는 것을 미루기만 하다가 가보지도 못한 것이 너무나 후회스
러웠다.

나는 그때 정에 대해 생각했다. 잠시 잠깐 머물다 간 인연인데도
한동안 정신을 차리지 못할 정도로 상실의 아픔이 컸다. 정이란 너
무나 끈질겨서 아픔과 기쁨을 동시에 주고 있었다.

그로부터 몇 달이 지난 어느 날이었다. 아들이 아파트 정원 모퉁
이에서 거의 죽어가는 아기 고양이를 주워왔다. 동물병원에서는 상
태가 심각하다며 밤을 넘겨봐야 생사를 알 것 같다고 했다. 순간 가
슴이 꽉 메어왔다. 의사 선생님께 좋은 약으로 총동원해서 살려달
라고 간곡히 부탁했다. 밤새 불안한 꿈까지 꿨는데, 이튿날 아침에
살았다는 연락을 받았다. 바로 병원으로 달려가 아기 고양이가 조

금씩 움직이는 것을 확인했다. 영양실조에 위염까지 심해서 설사를 한다고 했다. 일주일 입원시켜 치료한 결과 다행히 건강을 되찾았다. 집에 데리고 와서 보니 몸집이 꼭 어른 주먹만 한 게, 살아 있다는 것이 신기할 따름이었다. 아기 고양이는 몸이 불편한데도 앞발을 들었다 놨다 하면서 재롱을 부렸다.

고양이들은 갓난아기일 때부터 대소변을 가리는 게 신기했다. 모래 담은 상자를 놓아주면 그 안에 들어가서 용변을 보는데 여간 기특한 게 아니었다. 어릴 때 대소변 가리는 교육을 3개월 정도 시켜야 하는 강아지와 달리 고양이들은 그런 수고를 하지 않아도 되었다. 나는 아기 고양이 이름을 '복돌이'라고 지었다.

살리기는 했어도 집에서 키울 형편이 되지 않아 고민하고 있는데 동생 경순이가 또 데리고 간다고 했다. 행복이가 떠난 빈자리를 메꾸고 싶다는데 달리 할 말이 없었다. 진심으로 동물을 아끼고 사랑하는 그녀가 데려가는 것이 당연했다. 하늘이 스스로 돕는 자를 돕는다는 말이 거짓이 아니라는 생각을 그때 나는 실감했다.

세 마리의 고양이는 내 손을 거쳐 경순에게로 가 진정한 사랑을 받고 있다. 비록 한 마리는 먼저 떠났지만, 경순의 가슴에는 아직 행복이가 살아 있을 것이다. 고양이는 사람한테 행복을 전하는 동물이란 생각을 한다. 나는 고양이를 보고 있으면 마음이 고요해지고 미소가 지어진다. 그것으로도 행복이란 걸 알 수 있다.

애벌레의 꿈

아파트 마당을 지나다가 발밑을 기어가는 벌레를 본다. 1센티미터도 안 되는 작은 애벌레다. 삼십오 도의 뜨거운 열기로 달아오른 시멘트 바닥을 꼬무락거리며 가고 있다. 나는 그것이 영 신경 쓰인다. 그가 가는 방향대로라면 마당 건너편이 수백 리 머나먼 길인데, 애벌레는 희망에 들뜬 소년같이 너무나도 당차게 꿈틀거리며 가고 있다. 그 작은 등에 아직 힘이 남아 있는 걸 보니 그에게도 꿈이 있는가보다. 저 건너에 멋진 파라다이스가 기다리고 있다고 믿고 있는 걸까.

정작 그 너머엔 자동차 굉음과 매연만 가득하여 도착하자마자 질식할지도 모른다. 아니, 가다가 뜨거운 땅의 열기로 몸은 타버릴지도 모를 일이다. 어쩌면 부주위한 누군가의 발바닥에 눌려버릴지도.

가던 길 돌아서서 종이 한 장을 꺼내 애벌레 앞에다 대준다. 위협

●

을 느낀 듯 조그만 몸을 움찔, 오그린 채 가만히 있다. 종이를 디밀고 가만히 기다려준다. 꿈틀, 하며 몸을 움직이는가 싶더니 종이 위로 반쯤 올라와 꼼짝하지 않는다. 그대로 종이에 붙어서는 떨어지지 않으려고 안간힘을 쓴다. 보는 마음이 안쓰럽다.

애벌레가 떨어지지 않도록 주의하며 종이를 들고 아파트 정원 나무와 풀이 우거진 곳으로 가 풀잎 위에 살며시 내려주었다.

애벌레가 아주 느리게 움직이는 걸 보고 돌아서왔다. 그가 고마워할 것 같았다. 후회와 좌절감에 시달릴 때 뜻밖에 구원의 손길은 분명 고마우니까.

송충이는 솔잎을 먹고 살아야 된다는 말을 꼬마 애벌레에게 일러주고 싶었지만 이해 불가능한 일일 것 같아서 꾹 참았다. 애벌레가 나름대로의 삶을 평화롭게 살아가기를 염원해본다. 안전한 풀잎나라에서 훈풍이 전해주는 이야기나 들으며 자유롭게 살았으면 한다.

장수사진

강아지 호두의 장수사진을 지난 토요일에 찍었다. 생일 지난 주말에 큰손녀가 사진관에 데리고 가서 촬영했다. 사람도 아니고 무슨 호들갑이냐고 하겠지만 반려동물을 키우는 다른 사람들은 10년을 기념으로 사진을 찍는다고 했다. 처음에는 그 말을 듣고 웃었지만 생각할수록 슬픈 일이었다.

이 아이들 수명이 보통 15년 안팎이니 그럴 만도 하다. 특히 호두는 당뇨병 환자여서 아침저녁으로 인슐린 주사를 놔주고 있다. 발병한 지 3년이 되니 매사 조심스럽다. 의사 선생님 말씀이 관리만 잘하면 수명에는 별 문제가 없다고 하지만 왠지 나는 불안하다. 사료도 당뇨 사료로 줘야 하고 고기와 같은 음식은 주지 말아야 한다고 했다. 당뇨 사료는 일반 사료보다 맛이 없어서 처음에는 잘 먹지도 않았다. 그래서 적응시킬 때까지 많이 힘들었다.

내가 식사할 때마다 맛있는 거라도 얻어먹을까 하고 쳐다보는데

볼수록 호두가 안쓰러워서 마주 볼 수가 없다. 그럴 때는 안 되는 줄 알면서도 삶은 달걀 한 쪽을 떼어주고 사과도 조금 쪼개주기도 한다. 마음 약해서 주긴 했어도 그 부작용이 금방 나타날 때면 가슴이 또 조마조마하다. 오줌 색깔이 노란 색이 아닌 희멀겋게 되어 많이 누곤 하는데 나는 죄인 아닌 죄인이 된다. 아무것도 모르는 아들과 손녀는 "왜 이러지, 당뇨가 심해졌나? 인슐린 주사 양을 잘못 주었나?" 하면서 걱정한다. 이 소리를 들으면 다시는 일반 음식 주지 말아야지 하고 맹세한다. 그러나 그것을 지키는 것은 참으로 어려운 일이다.

솔직히 고백하자면 호두가 당뇨병에 걸린 건 순전히 내 잘못이다. 푸들이 당뇨에 약하다는 것을 뒤늦게 알았는데, 음식에 문제가 많다고 들었다. 고기를 줄 때는 간이 들지 않은 것을 줘야 하는데, 나는 식구들이 먹다 남은 고기를 물에 대충 씻어서 줄 때도 있었고 과일도 우리 먹던 것들을 아무거나 자주 먹였다. 이러한 것이 당뇨병을 키운 것 같아 항상 마음이 무겁다. 관리를 잘해주고 보살펴주면서 용서를 구하고는 있지만 잘못한 거는 잊히지 않는다. 요즘 뉴스를 보면 애완견이 병이 났다고 버리는 이들이 있는데 생명의 존엄함을 무시하는 행동에 화가 난다. 그럴 때마다 나는 우리 호두를 꼭 끌어안는다.

호두는 밤에 잘 때 반드시 내 방에 있는 자기 요에 누워서 잔다. 내가 외출이 잦아서 그런지 껌딱지와 같이 졸졸졸 붙어서 따라다닌다. 마치 늦둥이 손자를 본 것 같다.

호두가 우리 집에 처음 왔을 때는 2개월 된 갓난아이였다. 거실 바닥이 미끄러운지 옳게 걷지도 못하고 뒤뚱거리는 게 여간 귀엽지 않았다. 푸들 강아지인 호두는 털이 파마한 것같이 곱슬곱슬한 게 털실로 만든 인형 같았다. 색깔이 고동색이라서 큰손녀가 호두라 이름 지었다.

호두가 제일 먼저 알아들은 사람의 말이 "밥 먹어"와 "할머니"였다. 손주들이 "할머니" 하고 자주 불러서 알아들었는지 "할머니" 하면 호두도 나를 쳐다보고 쪼르르 달려왔다. 식구들은 재미가 나서 "할머니" 하고 자주 불렀다.

초롱초롱 까만 눈동자, 촉촉이 젖어 있는 콧등, 남자아이답게 우렁찬 목소리, 짤막한 다리. 그 한쪽 다리를 들고 패드 위에 오줌을 누곤 하던 귀여운 아기 호두가 벌써 열 살이라니 세월이 너무나 빠르게 간 것을 다시 한번 느낀다. 인생은 복습 없이 그냥 흘러가듯이 견생도 마찬가지라고 생각하니 너무나 허망스럽다. 호두도 자기의 일생을 한번쯤 돌아볼 수 있는 지능이 있으면 어떨까 싶다.

호두의 장수사진을 찾아오면 액자에 넣겠다고 손녀가 말했다. 이 말을 듣고, 나는 남편 칠순 때 함께 찍은 사진을 꺼내보았다. 남편과 내가 각각 찍은 영정사진이다. 서랍장 속에 넣어둔 그 사진을 거실 한쪽에 있는 피아노 위에 올려놓았다. 내가 떠나고 난 뒤에 사진을 찾으려고 허둥대지 말라는 의도이다. 남편 영정사진 찍을 때 나는 찍기를 주저주저했다. 그때 사진사가 장수사진을 미리 찍어놓으면 오래 산다고 말하였다. 그 말을 들어도 씁쓰레한 기분은 그대로였다.

그 사진사 말대로 우리 호두도 사진을 미리 찍었으니 오래 살면 바랄 것이 없겠다. 호두 나이가 사람 나이로 치면 칠십이 넘었다 하니 내 나이와 비슷하다. 그래서 나랑 같이 살다가 비슷한 날에 같이 갔으면 좋겠다는 생각을 자주한다. 남편이 저세상에 갔을 때는 시원섭섭하다 했는데, 호두가 저세상 가면 너무 슬플 것만 같다. 이런 생각을 하니 있지도 않은 남편 눈치가 보인다.

사진관에서 찍은 호두 사진이 여러 장 핸드폰에 전송되어 왔다. 목에다 꽃무늬 머플러를 두르고 머리에 고깔모자를 쓰고 찍은 것이 너무나 멋있다. 특히, 바닥에 엎드려 찍은 물개 포즈가 걸작이다. 이렇게 예쁜 사진을 보니 영정사진이라 하지 않고 장수사진이라고 하는 것이 맞는 말 같다. 어느 시인의 시구처럼 이 세상 소풍 잘하고 간다라는 말이 어쩐지 실감이 난다. 한세상 왔다가 떠나갈 때 남겨놓고 가는 것은 명예도 돈도 아니고 사진 한 장뿐이란 말도 장난 같지만, 맞지 싶다.

호두 사진 나오면 먼 훗날 우리 둘을 함께 기억하기 좋게 내 사진 옆에 가지런히 놓아두어야겠다.

이런저런 죽음에 대한 이야기를 하다보니 뜨겁게 내리쬐는 태양이 왠지 서늘한 냉기로 차오는 것만 같다.

●

Part III

아홉수와 삼재수

배낭을 메고서

언제부터인가, 남녀노소 할 것 없이 손가방이 아닌 배낭을 주로 이용한다. 예전에는 등산용이나 학생용 가방으로 생각했던 것이 어느덧 패션의 한 축으로 자리잡았다. 양 손을 자유롭게 사용할 수 있어 편리해 보인다. 가방도 유행을 타는지 모양도 다양하고 크기와 기능도 각양각색이다.

나는 배낭을 메면 몸의 균형이 흐트러지는 것 같아 여직 손가방을 들고 다닌다. 몸이 뚱뚱해서도 있지만 어쨌든 어색하다. 등산을 하는 것도 아닌데 무슨 배낭인가 하는 선입견도 작용한다.

그런데 아들이 베트남에서 가방제조업을 하며 배낭을 만들고부터는 사람들이 메고 다니는 배낭이 예사로 보이지 않는다. 내게 전문가의 식견은 없지만 색상이나 모양, 크기 등을 눈여겨보게 되었다.

아들이 사업을 시작한 지도 벌써 17년이 되었다. 직장에 다니면서 일본 출장 중에 알게 된 바이어들의 권유로 시작한 사업이다. 희망 하나만 가지고 무일푼으로 시작한 일이라 처음에는 어려움이 많았다. 일일이 내색하는 성격이 아니어서 꿋꿋하게 잘해낼 거라 믿고 기다렸다. 고생한 걸 모르지 않았지만 딱히 도울 수 없었기에 참견도 알려고도 하지 않았다.

사업을 시작하고 10년째 되었을 때 호치민에 있는 아들의 사업장에 초대받았다. 며느리와 작은손녀와 같이 기대를 잔뜩 하고 비행기에 올랐다. 편선 국제공항에 내리면서 후끈 달아오르는 열기에 '아! 이곳이 바로 아열대 동남아로구나' 싶었다. 가만히 서 있기만 해도 숨이 턱턱 막혔다. 가족과 떨어져 홀로 이런 곳에서 오랜 시간 일을 한 아들이 안쓰러웠다.

아들이 운전하는 자동차로 공장까지 이동하며 찬찬히 이곳저곳을 둘러보았다. 생각한 것보다 공장 규모가 커서 깜짝 놀랐다. 베트남 젊은 여공들은 재봉틀을 밟으면서 빠른 손놀림으로 배낭을 만들어냈다. 완성품으로 나왔을 때, 나는 그 배낭들이 손주자식처럼 귀하게 느껴졌다.

"이렇게까지 일구느라 얼마나 힘들었을까?"

나는 떨리는 목소리로 혼잣말을 흘렸다. 나도 세상 떠난 남편도 전혀 지원을 해주지 못했는데, 아들은 번듯한 사업체를 혼자서 일궈냈다. 대견함과 미안함에 눈물만 떨구었다.

이틀 뒤, 호치민 교외의 관광지를 돌다가 메콩강에 이르렀다. 아들이 내 손을 잡으며 떠듬떠듬 말을 이었다.

"어머니, 처음 와서 얼마 동안은 이 강가에 와서 울기도 참 많이 울었어요."

순간 전기에 감전된 듯 가슴이 찌릿하고 온몸이 아파왔다. 힘들었을 때를 이야기하는 아들에게서 나는 깊은 고독을 읽었다. 그동안 나는 아무것도 모르고 살았구나, 이처럼 외로웠을 줄은 꿈에도 생각지 못했구나, 하면서 미안한 생각만 자꾸 들었다.

아들은 어려서부터 자기가 해야 할 일은 다른 사람 도움 없이 뚝딱 해냈다. 공부하라고 채근하지 않아도 열심히 했고, 좋은 대학에 합격해서 나를 기쁘게 했다. 와병 중인 아버지를 지극히 보살폈고 며느리나 아이들에게도 좋은 모습만 보여주었다. 나는 아들의 성품이 선해서 지금의 성공이 있는 것이라고만 믿었다.

생면부지 타국에서 홀로 얼마나 외롭고 쓸쓸했을까. 아들 성격에 자기 아내에게조차 속내를 비치지 않았을 게 분명하다. 이국땅에서 더위와 싸우며 힘들게 보냈을 것을 생각하니 어미로서 죄인이 된 기분이었다. 그런 것도 모르고 아들이 베트남에서 사업을 크게 한다고 친구들에게 떠벌리기 바빴으니 못난 어미의 우둔함이 부끄러웠다.

베트남에 사업장을 연 지 5년이 지난 어느 날이었다. 새벽녘에 아들에게서 전화가 왔다. 그 시각에 전화할 아들이 아닌데 이상했다.

●

추석에 다녀간 지 얼마 되지 않은 터라 무슨 일인가도 싶었다. 아들은 자고 일어나니 갑자기 입이 돌아가 얼굴이 삐뚤어졌다며 한마디씩 간신히 말을 이었다. 깜짝 놀란 나는 부들부들 떨었다. 어떤 생각도 나지 않았다. 빨리 한국으로 돌아오라는 말밖에 나오지 않았다. 아들이 귀국하기까지 시간이 너무도 길게 느껴졌다.

의사는 구안와사, 그러니까 안면신경마비가 왔다고 했다. 신경을 많이 쓰면 생길 수 있는데 치료를 꾸준히 받으면 원래대로 돌아온다며 아들과 나를 안심시켰다. 남편을 20여 년 붙들었던 중풍이 아니라서 천만다행이었다. 치료에 집중하여 한 달 만에 완치됐지만 후유증이 문제였다. 얼굴이 뻐근한 증상은 매우 오래 갔다. 그리고 12년이 지났다.

아들의 배낭사업이 자리를 잡았다고는 하나, 생각할수록 가슴 한편이 찡해오는 건 그때나 지금이나 다르지 않다. 생존경쟁의 짐을 지고 외롭게 달리는 가장의 모습이 떠오르기 때문이다. 내가 안쓰럽게 바라볼 때마다 이젠 사업을 반석 위에 올려놓았으니 걱정하지 말라고 하는데, 그래도 되는지 마음이 쓰인다. 아들은 맘껏 웃으며 살아도 된다고 빙긋 웃어주었다.

지금은 베트남 사업장 관리를 공장장에게 맡기고 아들은 한국 사무실에서 일한다. 나와 가까이 있고 싶다고 했다. 아들은 나와 같은 아파트 같은 동 바로 옆집에 살면서 하루에도 몇 번씩 얼굴을 본다. 출근할 때마다 하이파이브를 하자고 건너와 귀찮게 팔꿈치로 툭툭

친다. 내가 바쁘다고 하면 한번쯤 빼먹어도 되련만, 그것을 하지 않으면 안 되는 것처럼 아예 움직이지 않을 태세이다. 손바닥이 한번에 맞지 않으면 짝, 하고 기분 좋게 맞을 때까지 '다시'를 외친다. 어느 날엔 약속이 있어서 아들보다 먼저 집을 나섰는데 주차장까지 뛰어나와 기어이 하이파이브를 하고 차에 올랐다. 나는 공연히 투덜대긴 해도 아들이 엄마의 기운을 얻어 하루를 버티려고 그럴 거라 생각해서 얼마라도 해준다.

친구들과 여행 가려고 짐을 챙긴다. 아들이 만든 배낭이다. 가벼운 데다가 멋도 있고 값도 나가 보여서 '명품가방'을 멘 기분이다. 하긴 명품 아들이 만들었으니 명품인 게 맞다. 배낭을 아들 머리 쓰다듬듯 손바닥으로 쓰윽 쓰다듬어본다. 그리고 어깨에 멘다. 아들이 살아온 삶의 무게를 그 배낭으로부터 온전히 느낀다. 손가방과는 사뭇 다르다.

마음 같아선 하늘 위에 유유히 떠가는 흰 구름 한 뭉치 담아서 좋은 나의 아들과 어디라도 떠나고 싶다.

특별한 조기교육

맞벌이하는 큰아들네 아이 삼남매를 돌보면서 무엇이든 한 가지씩 가르쳐야겠다고 생각했다. 큰손녀는 다섯 살이 되면서부터 피아노학원에 보냈다. 작은손녀도 피아노에 관심을 보여 등록을 했는데, 언니와 달리 낯을 가려서 큰손녀가 학원 갈 때마다 데리고 다녔다. 그곳 분위기에 익숙해지도록 하기 위해서였는데, 1년 정도 그러다보니 곧잘 적응했다. 손녀들은 고등학교 저학년까지 계속 피아노학원에 다녔다.

손자는 일곱 살 때 태권도장에 보내서 검은 띠까지 땄다. 열 살이 되고부터는 수영학원에 보내어 자유형부터 시작하여 모든 종목을 마스터했다. 수영은 학교가 파하면 초저녁에 개인 교습을 시켰다. 늦은 시간이라 걱정이 되어 내가 같이 학원차를 타고 따라다녔다. 수영장 2층 관망석에 자리하고 앉아 유리창 너머로 손자가 수영하는 모습을 지켜보는 시간이 즐거웠다. 레슨 끝나고 손자와 집으로 돌아올 때는 그 어느 때보다 행복했다.

피아노와 태권도, 수영은 보통의 아이들도 배우고 있었기에 특별하다고 할 수는 없다. 내가 말하고자 하는 특별한 조기교육은 웬만해서는 경험하기 어려운 장르라서 밝히기도 쑥스럽다. 교육을 시키려고 작심한 건 아니지만, 나로선 생각할수록 흐뭇해서 웃음이 나온다. 손자의 특별한 조기교육 실화이다.

막내인 손자는 큰손녀와 7살 나이 차이가 난다. 큰손녀가 초등학교 입학을 하고 나서 작은손녀는 유치원에 보내고 어린 손자를 유모차에 태워 큰손녀 등교할 때와 하교할 때에 맞춰 데리고 다녔다. 그렇게 하다보니 손자가 네 살이 되었고 유모차에서 내려 제 마음대로 걸어다니려고 했다. 처음에는 학교 운동장에서 놀았는데 언제부턴가 학교 정문 앞 구멍가게에 놓인 앉아서 하는 조그만 오락기 앞에 가서 구경하기를 좋아했다. 형들 하는 모습을 옆에서 유심히 지켜보더니 심각한 표정을 짓기도 하고 웃기도 하고 소리를 지르기도 하였다.

몇 달을 그렇게 형들 옆에 꼼짝도 하지 않고 앉아 지켜보던 손자가 어느 날 나에게 동전을 달라고 졸랐다. 웬일인가 싶어 동전을 줬더니만, 그걸 동전 넣는 구멍에 척척 넣고는 오락기를 두드리기 시작했다. 그냥 멋모르고 하는 것이라 생각했는데 내 눈에도 뭔가 알고 하는 것 같이 보였다. 옆에서 하는 아이에게 우리 아기가 제대로 하는 것인지 물어보았다. 그 아이는 우리 손자가 오락을 정말 잘하는 거라고 놀라워했다. 나는 놀랍기도 하고 신기하기도 해서 손자가 원하는 대로 동전만 바꿔서 주고 또 주고 했다.

손자가 한번 오락기 앞에 앉으면 시간이 얼마가 되었든 떠날 줄 몰라서 많이 할 때는 하루에 오천 원 정도는 쓰곤 했다. 이러기를 이 년 정도 하니까 오락기 게임 선수가 다 되었다. 초등학교 상급생으로 보이는 남자아이가 손자를 가리키면서 나에게 말했다.

"저런 애는 처음 봐요. 저 꼬마하고 게임 붙었는데 제가 졌어요."

그러면서 고개를 절레절레 흔드는데 순간 기분이 좋았지만, 한편으로는 너무 게임에 빠진 것이 아닌가 싶어 걱정도 되었다. 이 일을 아들이 알면 나에게 뭐라고 할까 그것부터 걱정되었다.

어쨌거나 손자가 커서 컴퓨터를 잘하는 것이 어려서 게임기를 가지고 놀았기에 금방 터득한 것은 아닌가, 하는 생각이 들어 우쭐할 때도 있다. 이런 말을 아들 며느리한테 하면 내가 게임중독자를 만들 뻔했다고 핀잔할지 모르지만 그렇게 말할 것만도 아니다. 웃기는 얘기인지 몰라도 손자가 컴퓨터를 능숙하게 다루고 게임도 잘하는 것은 아기 때부터 조기교육을 시킨 이 할미 덕이라는 걸 아들 며느리도 알아야 할 것이다. 그때부터 기계 다루는 싹을 키운 건 분명하니까.

손녀들도 피아노를 가르쳤으니 정서적으로 안정되고 자존감이 높은 거라고 자부한다. 무엇이든 어릴 때 배우고 익혀야 오래도록 잊지 않고 어른이 되어서도 더 잘할 수 있다고 믿는다. 그러므로 조

●

기교육은 반드시 중요하다.

'세 살 버릇이 여든 간다'는 말이 있다. 아기 때부터 제대로 된 교육이 필요하다는 뜻일 게다. 나는 이 말을 '일찍 배움에 눈뜨는 것이 성공의 비결이 될 수 있다'는 말로 해석해왔다. 이것은 불변의 진리라고 믿는다. 우리 아이들이 사회에서 필요한 일꾼으로 성장하리란 생각에도 변함이 없다. 자화자찬 같기는 해도 손녀손자들에게 일찍부터 피아노와 태권도를 가르치고 수영을 가르친 것은 잘한 일이라고 확신한다. 네 살짜리 손자가 저보다 커다란 형아들 제치고 게임기 앞에 쪼그리고 앉아 능숙한 솜씨로 오락기를 제압하던 모습은 생각할수록 나를 웃게 한다.

손자는 컴퓨터와 관련된 일을 너무도 잘한다. 요즘 젊은이들이 모두 그렇다고는 하나, 할머니인 내가 보기에는 좀 특별한 것 같다. 거실 벽에 걸린 액자 속 해바라기가 오늘따라 더 큰 황금빛으로 나를 보며 웃는다. 활짝, 더 크게 웃는다.

할머니 치맛바람

결혼 후 대구에서 직장생활을 하던 나는 남편 사업문제로 30여 년 전에 서울로 올라왔다. 아무 연고도 없는 낯선 곳에서 할 일 없이 지내자니 하루하루 지루하고 답답했다.

4년쯤 지나자 큰아들이 결혼 이야기를 꺼냈다. 공부만 아는 숙맥인 줄 알았는데, 좋아하는 아가씨가 있다며 인사를 시켰다. 나는 첫 손녀를 마흔아홉 살에 보았다. 일찍 할머니가 되었지만 마냥 기쁘고 좋았다. 맞벌이하던 아들 내외가 손녀를 키워달라고 하는데 잠깐의 망설임도 없이 얼른 봐주겠다고 했다. 며느리는 한참을 망설이다가 어렵게 꺼낸 말인데, 내가 흔쾌히 대답해줬다며 고맙다고 몇 번이나 인사를 했다. 내 자식 내가 봐주는 건 당연한데 그렇게 말하는 며느리가 나는 오히려 더 고마웠다. 직장생활 한다고 우리 아이들을 친정어머니 손에 맡기고 그 애들이 어떻게 재롱부리며 자랐는지 기억에도 없다. 손녀를 키우며 그런 잔정을 느낄 수 있을 거

●

라 생각하니 벌써부터 가슴이 설렜다. 나는 손녀 보는 재미에 온통 시간을 바치며 육아에 전념하기로 했다.

손녀가 다섯 살일 때 유치원에 보냈다. 집에서 가까웠기에 매일 손잡고 데리고 다녔다. 아이와 한몸이 되어 어딜 가도 함께했다. 무슨 일이 있어도 나는 손녀를 위해 태어난 할머니가 되었다. 유치원이 끝나면 곧바로 집으로 가지 않고 동네 문방구에도 가고 분식집에도 들르고 세탁소에도 갔다가 어둑해져서야 헤헤 웃으며 현관문을 밀고 들어갔다. 손녀가 가고 싶은 곳은 내가 따라갔고 내가 다닌 곳은 귀신같이 손녀가 알아서 당연히 들르는 줄로만 알고 먼저 방향을 잡았다. 동네에서는 우리를 모르면 간첩이라고 할 정도로 죽이 잘 맞았다. 우리는 아주 오래 전부터 사계절 내내 밖에서만 살아서 얼굴이 시커먼 것이 누가 봐도 한식구였다. 나는 아이가 원하는 쪽으로 따라주었다. 내 아들 둘을 친정어머니가 키우면서 지극한 사랑으로 보듬어주는 걸 보면서 나도 모르게 몸에 배어 있었는지도 모르겠다.

유치원에서는 한 달에 한번씩 체험학습을 갔다. 1학년에서 3학년까지 전교생 백 명이 함께 가곤 했는데 그때마다 나는 우리 집 근처 분식집에서 김밥과 각종 튀김, 닭강정, 달걀 삶은 것 등을 유치원에 포장해 보냈다. 거의 백 명분을 배달했기에 분식집 아저씨가 리어카에 그 음식들을 싣고 가져다주었다. 처음에는 유치원 원장님과 선생님들이 깜짝 놀라며 감사하다는 인사와 함께 이렇게까지 하지 말라고 사양을 하기도 했다. 그러나 한편으로는 너무 좋아하는 것 같이 보여 나도 기분이 좋았다. 원생들도 맛있게 먹었다고 들으면 잘했다는 생각으로 뿌듯했다. 나는 한다면 하는 성격이라 그런 일을 멈추지 않고 행사 때마다 반복했다. 유치원에서는 으레 내가 해야 하는 것처럼 여겼다. 어쩌다 사정이 있어 못할 때가 있으면 오히려 이상하게 생각할 정도였다.

해마다 김장철이 되면 배추 50포기씩 담가서 유치원으로 보냈다. 내 손녀도 먹이고, 아이들 가르치느라 고생하는 선생님들께 솜씨 자랑도 하고, 직원들 수고도 덜어주고 싶은 내 마음의 표시였다. 큰 손녀 유치원 졸업식 때 유치원 최초로 학부모에게 감사장을 수여한다고 했다. 나는 상장과 상품으로 은수저 세트와 차렵이불을 받았다. 무언가를 바라고 한 것은 아니었지만 우리 손녀가 해맑게 웃으며 박수를 보내주니 기분이 좋았다. 그것을 본 큰아들이 "어머니가 얼마나 퍼날랐으면 저럴까" 하고 짓궂게 중얼거렸다. 그 말을 듣고 기분이 썩 좋지 않았다. 나는 여직 어떤 일을 할 때 대가를 바라고 한 적이 없다. 하물며 손녀 일이다. 할머니로서 손녀를 위해 무슨 일이라도 하고 싶었다. 애당초 감사장을 바랐다면 어떤 일도 하지 않았을 것이다. 날을 잡아 아들에게 한마디 해주었다.

"내가 너희 딸을 위해 혼신의 힘을 다해 노력했건만, 고맙다는 말은 못해도, 어디 그게 엄마한테 할 소린가?"

평소 아들과 나는 이물없이 농담도 하고 재미있게 지내는 편이

•

다. 그만큼 아들은 나에게 잘하고 나 또한 큰아들을 믿고 의지한다. 뜻하지 않게 고등학교 때 혼전임신을 하여 나는 그리도 꿈꿨던 웨딩드레스도 못 입고 전통 혼례로 게 눈 감추듯 결혼식을 마쳤다. 그 일로 큰아들은 무슨 일만 있으면 자기 때문에 엄마가 원하는 대학에도 못 가고, 더 멋진 남자도 못 만나고, 한참 좋을 때 하고 싶은 것 못했다며 미안해했다. 그럴 때마다 왜 그런 말을 하나 싶었다. 나는 한번도 해본 적 없는 말을 아들이 하니 고마우면서도 얼떨떨할 수밖에. 그랬던 아들인데 그날만은 너무나 서운하고 속상했다. 하여 그때만큼은 따끔하게 내 속내를 보여줘야 했다. 아들도 뜨끔했는지 멋쩍게 웃으면서 "우리가 못해줬으니까. 미안해서 그렇게라도 농담 섞어 엄마한테 어리광부린 거예요"라며 어쩔 줄 몰라 했다. 더하면 아들이 무안해할 것 같아서 나도 애비 등을 툭툭 치며 같이 장난을 쳐주었다.

하기야 내가 생각해도 어디서 그런 에너지가 나와서 끊임없이 뒷바라지를 했는지 가늠이 안 되었다. 분식집 한 달 매출을 내가 거의 올려주다시피 하다보니 그 집 주인도 여간 고마워하는 게 아니었다. 지금 사는 곳으로 이사 온 지 십 년이 넘었는데도 그는 내가 좋아하는 식혜를 직접 만들어 매년 추석과 설, 명절마다 보내준다.

가만히 생각하니 내 치맛바람은 친정할머니 유전자를 고스란히 이어받은 것 같다. 내가 초등학교 다닐 때 할머니는 학년이 바뀔 때마다 나를 앞장세워 담임선생님 댁을 방문했다. 항상 쇠고기를 잔

뚝 사가지고 가서 선생님께 공손하게 전해드렸다. 그때는 쇠고기 선물이 최고라고 생각했던 것 같다. 막상 나는 그게 너무도 창피해서 선생님 댁 가는 것이 싫었다. 마지못해 따라가긴 했어도 낯을 많이 가렸던 때여서 무엇을 해도 부끄럽기만 했다. 좌우지간에 할머니의 그런 행동이 우리 집 치맛바람 원조가 된 것은 틀림없는 사실이다.

큰손녀가 유치원을 졸업하고 작은손녀가 그 유치원에 다니면서 소풍을 가거나 무슨 행사가 있을 때마다 나는 아이를 위해 찬조를 계속했다. 그래서인지 작은손녀 유치원 졸업식 때도 감사장과 상품으로는 그때 유행하던 조그맣고 예쁜 양산을 받았다. 손자는 유치원 2학년 때 명일동으로 이사 와서 유치원 전학을 해야만 했다. 그때 1학년 담임하던 여 선생님이 "정빈이 3학년 때 담임했으면 했는데 다른 곳으로 가신다니 너무 섭섭해요" 하였다. 명일동으로 이사 와서는 우리 손자를 유치원이 아닌 태권도장에 보냈다. 그때부터 나는 또 한 차례 거센 회오리바람을 일으켰다.

당시 태권도장에선 여름에는 물놀이하러 워터파크에 가고 겨울에는 눈썰매장이나 스키장에 갔다. 거기에 수시로 야외 수련을 떠나곤 했다. 그럴 때마다 육칠십 명 이상 되는 학원생들이 이동했는데, 한번 떠날 때마다 그 아이들이 먹을 간식을 자진해서 준비해 차에다 실어주곤 했다. 주로 음료수와 빵, 즉석라면 종류로 아이들이 좋아하는 먹거리들이었다.

어느 추운 겨울날, 태권도장에서 스키장으로 가는 버스를 배웅하기 위해 서둘러 출발 장소로 뛰어나갔다. 마침 다른 중요한 약속이 겹친 날이어서 머리를 감고 출발시간 맞춰 달려 나가다보니 젖은 머리에 고드름이 맺혔다. 머리는 꽝꽝 얼어버리고 온몸이 으슬으슬 떨려왔다. 버스를 보내고 황급히 단골 미용실에 머리를 하러 갔다. 미용사가 드라이어로 머리를 말리는데 갑자기 정신이 혼미해지면서 그대로 고개를 툭, 떨어뜨렸다. 웅성거리는 소리에 눈을 떠보니 미용실 원장은 한 손에 미용가위를 들고 다른 한 손에는 빗을 든 채로 종종거리고 있었다.

내 옆에는 119대원이 서 있었다. 내가 어리둥절해하자 "환자분이 앉은 채로 이 분 정도 정신을 잃고 있었습니다"라고 구급대원이 말해주었다. 괜찮다고 해도 곧바로 경희대병원 응급실로 데려가 여러 가지 검사를 하였다. 다행히 별다른 이상은 없었지만, 미추신경이 놀라서 그런 거라고 했다. 처음 듣는 병명에 의아했는데, 찬 곳에서 갑자기 더운 곳으로 들어오면 그런 현상이 일어난다고 했다. 어쨌든 안심이었다.

이렇게 극성 아닌 극성을 부리면서 치맛바람을 날리다보니 관장 내외가 스키장이나 눈썰매장 등 여러 곳을 갈 때마다 바람 쐬러 가자며 나를 극진히 생각하며 데리고 다녔다.

손자가 4학년 되던 8월에는 전지훈련으로 중국 청도에 갔다. 태권도 시범대회에 원생들을 데리고 가는데 나도 데려가겠다고 했다.

따로 경비를 내지 않아도 된다기에 안 그래도 되는데, 하면서도 손자도 돌볼 겸 좋구나 하고 따라나섰다. 한편으로는 치맛바람을 일으키며 다닌 보람이 이런 결실로 돌아오나? 하면서 은근한 웃음이 비어져 나왔다.

비행기로 가는 줄 알았는데 기대와 달리 배로 간다고 했다. 열 시간 넘게 배를 타고 망망대해를 헤치고 갔다. 텔레비전에서나 봤던 바다 한가운데를 배를 타고 갈 줄이야. 어린아이처럼 가슴이 쿵쾅댔다. 가는 도중에 중간 갑판에서 태권도학원 관장 부인과 그녀의 친구 그리고 나 셋이서 생맥주 한 잔하면서 기분을 살렸다. 안주로는 양꼬치를 주문했는데 그 맛이 또 좋았다. 그대로 낭만적이었다. 저녁이 되자 바닷물을 붉게 물들이면서 수평선으로 넘어가는 석양이 가뜩이나 술기운에 젖은 우리들 가슴을 금빛으로 수놓으면서 끊임없이 넘실댔다. 그 광경은 평생 잊지 못할 장관이었다. 일평생 내 추억의 한 페이지를 만든 날이었다.

손녀손자 뒤따라다니며 있었던 일들이 너무나 많지만, 하도 오래전 일들이라 이젠 기억에서만 가물거린다. 손주들이 초등학교에 들어가면서 졸업할 때까지는 유치원과 태권도장에 다닐 때만큼 극성스럽게 찬조하지는 않았지만 치맛바람은 남부럽지 않게 여전히 불러일으켰다. 다행히 다른 학부모들이 할머니인 나에게 유별나게 뒷바라지 한다고 시기하지 않았고 도리어 부러워하며 응원해줬으니

●

고마운 일이다. 학부모 모임에서 나에게 할머니 표창장 주고 싶다는 농담을 할 정도로 그들과의 관계가 좋았다. 조모와 손주의 사랑은 누가 봐도 거리낌 없이 예쁘고 아름다운가보다. 그 아이들이 어느새 모두 다 컸다. 내 손이 안 가도 스스로 알아서 하니 대견하면서도 한편으로는 빈 둥지가 된 듯 허전하다.

오늘은 작은손녀와 영화를 보기로 한 날이다. 모처럼 데이트하면서 우리가 살던 오류동 상점 이야기도 하고 얼굴이 타는 줄도 모르고 그 동네 골목 누비며 뛰놀던 추억도 꺼내봐야겠다.

환선동굴을 다녀와서

　가까운 지인이 삼척으로 가족여행을 간다며 자랑했다. 그 말을 들으니 몇 년 전 우리 가족과 그곳에 갔던 일이 떠올랐다. 갑작스레 따라나섰다가 사서 고생한 생각을 하면 헛웃음이 나왔다. 집 나가면 고생이라고, 옛말은 틀린 게 하나도 없다.

　무릎관절수술을 하고 다섯 달쯤 되었을까, 걷는 것도 불편하고 만사 귀찮기도 하여 모처럼 혼자 집에서 쉬려고 했다. 큰아들은 절대 안 된다며, 그럴수록 자꾸 걸어야 한다고 고집을 부렸다. 다른 사람은 몰라도 큰아들 고집은 누구도 꺾을 수 없어, 할 수 없이 따라나섰다. 아들 내외와 손녀 둘, 손자 그리고 나 이렇게 여섯이서 2박 3일 일정으로 삼척여행을 떠났다.

　아침 일찍 서둘러 출발했는데도 휴가철이라 그런지 도로 사정이 좋지 않았다. 한낮이 다 되어서야 첫 목적지인 환선동굴 주차장에 도착하였다. 그곳부터는 차량 이동이 불가능했다. 차를 주차장에

●

세워놓고 걸어서 올라가야 했는데, 길은 처음부터 오르막이라 겁이 났다. 보통사람이라면 30분이면 충분할 텐데 내 걸음으로는 1시간도 더 걸릴 것 같았다. 한숨을 쉬고 있는 나를 앞서가던 아이들이 불렀다. 나는 손짓으로 먼저 가라고 신호를 보냈다.

가는 날이 장날이라고 그날은 여름 들어 최고로 더운 날이었다. 길가에는 그늘 한 점 없고 나무 한 그루, 바람 하나 없이 앉아서 쉴 만한 곳도 거의 없었다. 숨은 차오르고 수술한 다리는 아프고 뜨거운 태양 아래 너무도 힘들어 정말이지 죽을 지경이었다. 온몸이 타들어가는 듯한 느낌까지 들었다. 도저히 자신이 없었다. 적당한 데서 기다리고 있을 테니 너희들끼리 구경하고 내려오라고 양해를 구한 후 주변을 두리번거렸다.

고집불통 큰아들은 내 속을 알지도 못하고 막무가내였다. 이런 뙤약볕에 엄마를 혼자 내버려둘 수 없다는 것이었다. 이런, 어린애도 아니고 답답할 노릇이었다. 내 꼴을 보고도 그런 말이 나오는지, 속이 부글거렸다. 사람들만 아니어도 한소리했으련만, 날도 더운데 웬 사람이 그리도 많은지 체면 차리느라 눈치 없는 아들에게 핀잔도 할 수 없었다. 아들은 계속해서 힘들어도 같이 가자며 졸라댔다. 정말 어린아이 같았다. 전쟁통 피난길도 아니고, 무슨 고집인지 알 수 없었다. 등짝이라도 한 대 때려주고 싶었다.

큰아들 마음 알면서도 내 몸 고되니 피로가 먼저 쌓였다. 내 눈치 보면서 어쩔 줄 몰라 하는 아들을 보면 또 마음이 아팠다. 아들은

●

해맑게 웃으며 여기까지 와서 환선동굴을 보지 않으면 후회될 거라고 어린아이 달래듯 내 손을 잡아주었다. 나는 억지로 발걸음을 떼었다. 손녀 둘은 옆에서 양산을 받쳐주고 손자는 등을 떠밀어주고 며느리는 웃으며 부채질해주면서 내 뒤를 따라왔다. 겨우 어느 정도 올라가니 케이블카를 타고 다시 얼마를 올라가야 동굴로 갈 수 있다고 했다. 가도 가도 끝이 없는 길이었다.

케이블카를 타기 전에 숨이나 돌리려고 한쪽에 앉아 있었다. 그때 큰손녀가 눈을 동그랗게 뜨고 나를 보며 "할머니, 조금 전에 산길 올라오며 할머니 얼굴이 빨갛게 달아오르는데 금방이라도 터질 것 같아서 무서웠어" 하였다. 그 말을 들으니 어이가 없어 웃음이 터져나왔지만 정말 얼굴이 터지지 않아서 다행이다 싶었다.

동굴 입구에 닿으니 거짓말처럼 찬바람이 느껴졌다. 땀이 비 오듯 하여 온몸이 젖었는데 금방 냉기가 느껴졌다. 그래도 더운 것보다는 나았다. 입구 쪽이 이 정도면 안에는 어떨까 싶었다.

안으로 들어가니 어마어마하게 큰 동굴이었다. 회색 불빛 차갑게 흐르는 희미한 안개 속으로 높다란 철계단을 따라 천천히, 마냥 올라갔다. 얼마만큼 올랐을까, 나는 난간을 붙잡고 까마득한 밑을 내려다보았다. 동굴 안에서도 개울물이 굽이치고 있었다. 천장 위에는 원추형 종유석 고드름이 주렁주렁 달려 있고, 해묵은 바위 천장 틈새로 스며드는 물방울이 오랜 세월 동안 떨어져서 이 골 저 골 바위에 오묘한 형상을 새겨놓았다. 물방울이 조각도를 품고 내려와

●

그렇듯 멋진 작품들을 만들었는가 했다. 꾸불꾸불한 좁은 길을 더 듬으며 걸어갈수록 크고 작은 돌멩이들이 여러 가지 기이한 형태로 허공에 매달린 채 용트림하듯 다가왔다. 나도 모르게 감탄사가 연이어 나왔다.

크게 심호흡하면서 마음을 추스르고서야 주위의 모습들이 눈에 선명히 들어왔다. 바닥에 있는 석순이 자라서 돌기둥 타고 올라가면 천장에 매달린 종유석과 만나는 날 석주가 된다고 하였다. 석순은 그리운 님을 하루 바삐 만나고 싶은 생각에 밤잠 설쳐가며 키재기에 여념이 없었겠구나 하는 생각이 들었다. 그 마음 이해되어 절로 응원해주고 싶었다.

줄지어가는 관광객들을 따라가면서 굽이치는 물줄기가 흐르는 밑을 내려다보았다. 아찔했다. 어떻게 알았는지, 앞서가던 가족들이 되돌아와 나를 부축했다. 나는 천천히 구경하며 갈 테니 각자 알아서 구경하라고 다시 돌려보냈다.

어느 한쪽에 합장한 스님 모습을 한 인형이 있었다. 이 굴에서 오랫동안 수련하다가 환선한 대사라 하였다. 아! 저 밑에 흐르는 물이 그 스님이 오랜 세월 동안 흘린 인고의 땀방울과 눈물이었구나. 그것이 모이고 모여서 저렇게 되었다 싶으니 절로 고개가 숙여졌다. 스님의 염력으로 생긴 귀한 물줄기 타고 오르면 이승과 저승의 교차로에서 그리운 이들 만날 수 있지 않을까, 하는 생각에 두 손 모아 기도했다.

한 시간 넘게 돌아다니다보니 한기가 들었다. 내가 가겠다고 하니 며느리도 현기증이 난다면서 뒤따라 나왔다. 올라올 때는 죽을 만큼 힘들었는데, 환선동굴 구경하고 나니 정말 잘 왔다는 생각이 들었다. 돌아오는 길은 내리막길이기도 하고 해질녘이기도 해서 그늘이 생기고 시원했다. 우리는 구경했던 종유석과 동굴 속 기이한 것들을 이야기하며 금방 주차장에 닿았다.

세월이 흐르고 흘렀는데도 삼척, 하면 환선동굴이 먼저 떠오른다. 아는 이들에게 그곳에 가보라고 권해보기도 많이 했다. 동굴 안에서 오랜 세월 동안 만들어진 각양각색 형상을 한 바위와 돌멩이들을 보고 나면 인고의 기다림이 주는 희열 같은 교훈의 메시지를 느낄 수 있다며, 그리고 영겁의 세월 속 한 모퉁이에 서 있는 나 자신을 다시 한번 돌아보게 될 거라고.

물안개공원

군대 간 손자가 휴가를 나왔다. 가까운 음식점에서 식사를 하고 단풍놀이 겸 경기도 광주에 있는 물안개공원으로 드라이브를 다녀왔다.

물안개공원은 앞으로 남한강이 흐르고 건너편으로는 두물머리가 있어 여럿이 나들이하기에 맞춤이었다. 가족이나 연인들이 산책하고 어떤 이는 홀로 사색을 즐겼다. 우리도 산책길 따라 걸었다. 아래쪽으로는 코스모스길이 이어졌고 위쪽으로는 갈대밭이 어우러져 가을 풍경이 한창이었다.

이곳도 다른 유원지처럼 자전거 대여를 해주었다. 2인승 자전거를 타는 사람들, 5인승 자전거를 타는 사람들로 자전거도로가 분주했다. 대여시간은 한 시간이 기본으로, 남녀노소 할 것 없이 즐거워 보였다. 손녀와 손자가 5인승 자전거를 빌려서 가족이 같이 타자고 했다. 아들과 며느리와 손자손녀와 함께 5인승 자전거를 타고 가을

속으로 출발했다. 모처럼 온 가족이 앞뒤로 앉아 자전거를 타고 페달을 밟으며 바람을 가르다보니 놀이동산에 온 것처럼 신이 났다. 주위를 둘러봐도 5인승 자전거를 탄 가족은 우리뿐이었다. 2인승이거나 부모와 아이들이 탄 자전거가 대부분이었다.

우리 아이들은 별나서 나이 먹은 나를 꼭 대동해 다니니 고마운 마음도 크지만 어떨 땐 민망하기도 하다. 거기에 이번에는 강아지 호두까지 합세했다. 나는 속으로 좋으면서 남들이 흉이라도 볼까 싶어 눈치를 살폈다. 그래도 어떤 가족은 우리 식구들이 지나가면 좋아 보여 그런지 박수를 쳐줬다. 나는 민망하기도 하고 우습기도 하고 마냥 즐겁기도 했다.

자전거도 긴 시간을 타니 슬슬 꾀가 나고 지루했다. 내 표정을 살피던 아들이 아이들끼리 타라 하고 우리는 내려서 걷자고 했다. 손자와 손녀는 자전거길을 계속 달리고 우리는 내려서 산책로를 천천히 걸었다.

작년에도 가족과 이곳에 왔었다. 우리는 코스모스길을 걸으며 사진도 찍고 다리가 아프면 길가 벤치에 앉아 쉬기도 하면서 바람을 즐겼다. 방향을 바꾸어 낙엽이 쌓인 길도 갈대가 우거진 사잇길도 걸었다. 가을이 더욱 깊어져서일까, 낙엽 밟는 소리도 경쾌하고 공기도 맑아 기분이 새로웠다. 우리 집 강아지 호두의 목줄을 풀어주었다. 호두는 기다렸다는 듯 길 위로 날아갈 것처럼 내달렸다. 그동안 녀석이 자유가 그리웠던가보다.

●

아들 내외를 좀 더 걷게 하고 나는 남한강변 벤치에 앉아 강물을 바라보았다. 바람이 기분 좋게 불었다. 강물이 바람결 따라 살랑댔다. 나는 낭만에 젖어 상념에 빠져들었다. 언제 왔는지, 그런 내 모습을 본 아이들이 할머니가 소녀 감성에 젖어 있다고 놀렸다. 비록 몸은 나이가 들어도 마음만은 언제나 사춘기 소녀로 돌아가는 걸 나도 어쩌지 못한다. 그걸 이번에도 아이들에게 들키고 말았다.

벤치에서 건너다본 강 언덕배기에 보라색 구절초가 무리지어 피었다. 사이사이 노란 들국화도 그 빛을 발하고 있었다. 옛날에는 가을하면 들국화였는데 요새는 갈색 낙엽이 먼저 떠오른다. 낙엽 쌓인 길을 걷고 싶고 옛 추억에 잠기고 싶은 것은, 황혼길 걷는 나그네가 되어 그런지도 모르겠다.

소슬한 가을바람에 옷깃을 여민다. 노랗게 물든 은행잎이 한 잎 두 잎 떨어지는 사이로 이름 모를 하얀 꽃잎이 눈처럼 바람 타고 발 아래로 휘날린다. 손녀는 사진을 찍으면서 즐거워한다. 같은 모습을 보면서도 나는 마음이 시리다. 내가 생각해도 모를 일이다. 아마도 푸르른 젊음이 흉내도 낼 수 없을 만큼 아름답게 비쳤나보다.

물안개공원 곳곳에 커다란 돌로 만들어놓은 길 따라 손자의 부축 받으며 걸었다. 어릴 때는 내가 손자를 보호했는데 이제는 내가 그 아이에게 보호받는 처지가 되었다. 말해서 무엇하랴마는, 세월이 빠르게 흘러갔구나 싶어 쓸쓸하기만 하다. 해마다 어린이날만 되면 대구 달성공원으로 놀러가자고 졸라대던 우리 큰아들도 이젠 50대

●

중늙은이가 되었다. 달성공원에서 어릴 적 두 아들과 같이 찍은 사진 속 내 모습은 늙지도 않고 푸르른데, 이곳 내 모습은 푸석한 채로 가을길에 젖었다.

대구에 사는 친구들 얘기 들으면 옛날의 그 공원이 많이도 변했다고 한다. 흐르는 세월 속에서 사람만 변했을 리 없다. 세상 모든 것들은 자연의 이치대로 흐르고 변화한다.

"포근한 양떼구름 흘러가는 오후, 이 순수한 시간들 오랜 세월 버텨온 느티나무 등걸에 숨겨놓고 싶다"

언젠가 썼던 시 한 구절이 바람 사이로 떠간다. 바스락거리며 흔들대는 갈대밭 아래, 남한강물 소리 없이 흐른다. 강물 따라 내 마음 어딘가로 떠나고픈데, 넘실대는 물살 보니 현기증이 인다.

강아지 호두가 저만치서 날 보고 반가이 뛰어온다. 손자와 손녀도 "할머니~!" 하며 달려온다. 그때서야 잡다한 상념에서 깨어난다. 단풍 든 가을길은 언제 걸어도 좋지만 물안개공원 갈대밭길은 애송 시집 한 권 손에 쥐고 나 홀로 걸어도 좋겠다.

비록 시집은 없지만 오랜만에 손자손녀와 온가족 가을나들이 나오니 이 또한 행복하다.

손자의 중학교 졸업식

손자 정빈이 중학교 졸업식을 하는 날이다. 한영중학교 수산문화 관에서 83회 졸업식을 12시에 시작했다. 나는 큰손녀와 둘째손녀 졸업식 때 갔던 것처럼 손자 졸업식에도 당연하게 참석했다. 아이 들도 자기 부모는 물론 내가 함께하는 걸 당연하게 생각한다. 다른 조부모들도 그렇겠지만, 나는 내 아이 키울 때는 아무것도 몰랐는 데, 손자손녀 키울 때는 왜 그리 더 애틋하고 사랑스러운지, 하나도 빼놓고 싶지가 않았다. 그 아이들이 유치원에 다니고 학교에 들어 가서 졸업을 한다고 하니 내가 그 과정을 다시 밟는 듯이 뿌듯한 것 이었다.

학교 관악기 밴드부에서 연주를 멋지게 하면서 교가를 부르는 것 으로 공식 행사는 끝났다. 학부형들은 3학년 7반 교실로 아이들을 따라 들어갔다. 학생들은 담임선생님과 마지막 조례를 마치고, 정 든 친구들과 헤어지는 시간에 앉아 있었다. 아이들 책상 위에는 축

●

하 꽃다발이 졸업식 분위기를 한껏 내면서 올려졌다. 나도 아련한 학창시절로 돌아가 어릴 적 졸업식장을 추억했다. 변변한 꽃다발도 없이 동백꽃이거나 종이꽃 정도로 만든 꽃다발을 들고 사진을 찍었던 시절이다. 그마저도 한두 개 꽃다발로 돌아가면서 사진을 찍었다. 친구들과 헤어지기 싫어 눈물을 찍어내던 우리들이 거기 사진 속에 있었다. 홀쩍대며 친구와 사진기 앞에 서 있는 내 얼굴이 흑백 사진 속에서 가물거렸다.

그때 누군가 나의 등을 두드리며 "정빈 할머니" 하고 불렀다. 정빈이 초등학교 때 한 반 친구였던 리지 어머니였다. 그때 조그마하고 귀여운 애들이 어느새 키가 홀쩍 자라서 고등학교 진학을 앞두고 있다니 대견스러웠다. 리지 어머니와 나는 아이들 초등학교 때 이야기를 하면서 추억을 더듬었다.

초등학교 입학식을 하면서 매일 아이를 학교에 데려다주고는 그대로 교실 복도에서 수업태도를 관찰하였다. 학교 앞 방아다리 놀이터에서 학교 끝나고 나오는 아이들을 기다리던 일도 잊지 못한다. 그때 한 반이던 아이와 그 아이 엄마들과 공원에서 같이 시간을 보낸 인연으로 그 중 인아 할머니와는 지금도 친하게 지낸다. 요즘 사람들은 이해할 수 없는 일이지만 우리는 아이들을 사이에 두고 서로 친구로 지내곤 했다. 나는 할머니면서도 붙임성이 좋아서 누구하고도 좋게 지내는 편이었다.

그러고 보면 우리 손자 정빈이와의 추억이 제법 많이 쌓여서 행

●

복하다. 할머니로서 손자와의 이야기를 기억할 수 있다는 것이 얼마나 즐거운가. 정빈이는 제 누나들에 비해 얌전해서 특별한 일은 없으나, 그래도 내 등에 업혀서 오래 지냈고 지금도 나와 같이 사는 아이라서 귀하고 소중한 손주이다. 누나들 때문에 미리부터 학교 운동장에서 놀아서일까, 문방구 문화도 일찍 터득한 아이다. 동전만 있으면 오락기 앞에서 하루 종일이라도 놀 수 있는 아이가 우리 손자였다. 성격이 좋아 또래는 물론 제 나이보다 몇 살이나 많은 형들과도 잘 놀았고 머리가 좋아서 게임도 훨씬 잘했다. 누가 가르쳐주지 않았는데도 제가 알아서 척척 단계를 올리면서 터득해나가는 걸 보고 주변에 있는 모두가 깜짝 놀랐다. 네 살짜리라고 믿기 어려울 정도였다. 나는 우리 아들한테 혼날까봐 아직도 초등학교 오락기 이야기는 웬만큼 비밀로 하고 있다.

손자가 초등학교 5학년 때였다. 태권도장에서 중국 청도로 시범대회를 나간다고 했다. 4박 5일 일정이라는데, 관장이 나한테도 함께 가자고 했다. 그동안 손자가 다니는 태권도장에 간식을 사서 날라서였을까, 내 왕복 경비를 체육관에서 부담하였다. 그런데 비행기로 가는 게 아니고 여객선을 타고 16시간 동안 바다를 가르고 오가는 거였다.

처음엔 배로 간다고 해서 걱정이 많은데, 막상 배를 타고 보니 큰 배여서인지 흔들림이 적었다. 가는 도중 바다 위로 지는 석양은 내 일생 지을 수 없는 장면이었다. 너무나 아름다워서 나도 모르게

●

눈물이 흘렀다. 배 중간 갑판에서 같이 간 다섯 명의 엄마들과 맥주 한 캔씩 마시다가 모두 넋을 놓았다. 지는 해가 그렇게 커보이면서 황홀할 줄은 몰랐다. 나도 모르게 출렁이는 에메랄드빛 바다 물결에 마음을 빼앗겼다. 한없는 낭만의 세계로 빨려들어갔다. 지금 생각해도 그 장면은 최고의 장관이었다.

손자의 유치원과 초등학교 시절을 보내면서 흥미로운 에피소드도 많았지만, 앞으로 고등학교와 대학교, 또 군 입대 등을 생각하니 나와 손자가 엮어나갈 일들이 얼마나 많을까 싶기도 하다. 지금은 누나 둘이 대학생이 되어 할머니인 나에게서 완전히 독립을 하였지만, 손자는 내 손이 더 필요할 것이다. 지난 날보다 앞으로의 생활을 더 알차게 보내야 하는데, 내가 더 크게 보탬이 돼야 할 텐데, 나는 점점 사위어가니 걱정이다. 이젠 귀여운 티를 벗고 의젓한 청년 티가 난다. 아쉽기는 해도 또 든든하다. 지금처럼만 성장해주길 바란다. 좋은 인성으로 완성되기를 또한 바란다. 지금껏 잘해왔으니 앞으로도 잘할 아이다.

걱정할 것 없다. 제 아비 닮아서 앞가림 하나는 끝내주게 잘한다. 벌써부터 할머니를 먼저 챙기는 것도 대견하다. 나라의 큰 일꾼이 되기를 바랄 뿐이다.

아홉수와 삼재수

친구한테서 전화를 받은 건 작년 섣달 그믐께였다. 해마다 해넘이를 하면서 이런저런 안부를 건네고 주의할 말도 빠짐없이 해주는 친구이다. 이번에도 돌아오는 을사년 새해에는 돼지띠, 양띠, 토끼띠 가진 사람한테 삼재가 들었다며 액땜이 필요하다고 일러주었다. 또한 나이 끝이 아홉인 아홉수에 돼지띠이니 잊지 말고 새 숟가락 젓가락 사서 1월 1일부터 사용하라고 당부했다. 그것으로 액땜을 하는 거라면 몇 번이라도 할 수 있었다. 친구와 전화를 끊고 며느리에게 말했더니 잊지 않고 퇴근길에 수저를 사가지고 왔다.

그리고 막상 나는 잊고 있었는데 새해 첫날, 며느리는 명심하고 새 수저를 내놓았다. 평소 나를 아끼는 아이라는 건 알았지만 이런 일에는 늘 감동한다.

요즘 새 수저를 수저통에 따로 담아놓고 사용한다. 나는 가톨릭 신자인데 이런 미신을 믿어도 되는가 싶을 때도 있지만 어쩔 수 없

●

다. 언젠가부터 삶의 애착이 칡넝쿨처럼 전신을 감싸고 있음을 느낀다. 현실을 자각할 땐 허탈한 웃음이 나오지만 어쩌겠는가. 젊었을 때라면 믿지 않고 웃으며 넘어갈 일이건만 나이가 드니 어떤 이야기도 예사로 들리지가 않는다.

생각 끝에 양띠도 삼재가 들었다는 말을 며느리에게 전했다. 며느리는 돼지띠 양띠 토끼띠에 삼재가 들었다고 말해준 걸 기억한다며, 그때 같이 장만한 아들 수저를 내게 보여주었다. 그냥 지나칠 수도 있는 시어미의 말을 속깊게 알아듣고 행동으로 옮긴 며느리가 다시 한번 고마웠다. 반면 아들은 무슨 미신이냐면서 챙겨줘도 지키지를 않는다고 한다.

옛날에 친정할머니께서 하시던 말씀이 생각난다. 삼재가 들면 절에 가서 액풀이 불공을 드려야 한다고 했다. 그때는 그 말이 허무맹랑하게 들려서 그냥 웃어넘겼다. 지금 나를 보니 나이 들면 지푸라기 하나라도 붙들고 생을 연장하고 싶은 본능이 생기는 것 같다.

나는 작년 12월에 방광염으로 고생했다. 원인을 알 수 없는 염증으로, 수치가 올라가 신장에 무리가 왔다. 항생제를 써도 차도가 없어 외식도 외부활동도 줄이며 두문불출했다. 여차하면 큰 병원으로 가서 정밀검사를 해야 할 판이었다. 의사의 말을 잘 들어서인지 새 수저 기운을 받아서인지 새해 들어 차도가 보이면서 점점 나아졌다. 삼재수의 서막이 울렸는데 새 수저 도움으로 건강을 되찾은 것만 같았다.

삼재는 새 수저로 기운을 받았는데 이제 뒤따라오는 아홉수가 신경 쓰인다. 나이 끝에 구(9)가 들어가면 해당되는 '아홉수'라니. 나야 조심하면 그만인데 그 말이 자꾸 귀에 거슬리는 건 남편이 칠십아홉에 저세상으로 갔다는 생각이 겹쳐서이다. 지병도 있었지만, 그때 액땜을 해주지 못한 게 마음이 쓰인다.

늦었지만 지금이라도 새 수저 사서 산소에 찾아가볼까 하는 생각이 자꾸만 든다. 상석에 가지런히 놓아주고 그때 미처 챙겨주지 못해 미안하다고 한마디 전하고 오면 좋지 않을까. 모든 일은 마음먹기 달렸다고 하더니 나를 두고 하는 말인 듯싶다. 삼재도 아홉수도 모르고 지나가면 그만일 텐데, 듣고 보니 그냥 넘어가지를 못하고 이렇듯 별의별 고민만 하고 있다. 일 년도 아니고 삼 년이라 하니 신경이 더 쓰인다. 성당 교우에게 이 말을 했더니 그런 미신에 너무 현혹되지 말고 기도를 열심히 하라고 했다. 아차! 왜 내가 그 생각을 못했을까?

요사이 방광염에다 신장염에다 심신까지 약해지다보니 두려운 쪽으로만 깊이 빠져 들었다. 이런 기분도 오래가지는 않을 것이다. 내 몸이 단단해지면 마음은 덩달아 튼튼해진다는 걸 잘 알고 있다. 그래도 자꾸 아홉수와 삼재가 눈앞에 아른거리는 건 뭘까. 오른쪽 손에는 새 수저를 들고 왼쪽 손에는 묵주를 거머쥔 채 세월이 빨리 지나가기만을 빌어본다.

●

2024년 작년은 나에게 행운의 해였다. 두 번째 시집을 기분 좋게 냈고 북콘서트와 북토크를 겸한 유튜브도 찍었다. 주변의 반응이 좋아서 시집 출간된 지 얼마 안 돼 2쇄를 찍었다. 고향에서는 알려지지도 않은 나를 시인으로 인정하여 시비도 세워줬다. 우리 할머니와 어머니가 살아 계시다면 얼마나 좋아하실까 생각하다가 눈물이 났다. 남편도 내가 시인이 된 것을 알면 깜짝 놀랄 텐데, 그에게도 보랏빛 시집 한 권 안겨주고 싶다.

호사다마라고 했다. 좋은 일에는 마가 낀다고 했으니 항상 조심할 일이다. 특히 2025년 올해는 액이 따라붙는 해라고 했다. 조심 또 조심해서 나쁠 건 없다. 우리 아들 말대로 건강관리에 힘써야 한다. 모든 건 다 지나간다지만, 잘 지나가도록 나 또한 관리를 잘해야지 않을까.

사방을 둘러봐도 어제와 같이 변함없는 오늘, 지금껏 그랬듯 내 주변 사람들을 사랑하며 살고 싶다. 올해는 그것으로 나를 다듬으려고 한다. 삼재도 아홉수도 마음을 다듬는 것으로 다독여질 테니까.

흰 눈발 타고

함박눈이 하얀 목련 꽃송이처럼 탐스럽게 내리던 며칠 전 오후, 큰손녀가 내 손에 결혼식 청첩장을 쥐어주었다. 그 순간 손주사위 생겨서 기쁜 마음도 잠시, 그 아이를 떠나보내지 못할 것 같아 가슴이 아렸다. 갓난아기 때부터 내 손으로 키운 손녀이기에 남다른 감회가 있어서이지 싶다.

백일이 지나고 6개월쯤부터 큰손녀는 밖으로 나가자고 보챘다. 유모차 타고 아침에 집을 나서면 동네를 돌고 돌아서 저녁 해질 때쯤이라야 집으로 들어왔다. 중간에 집으로 오는 날에는 그냥 뻗대면서 들어가지 않으려고 울어댔다. 어쩔 수 없이 분유를 탄 우유병을 두어 개쯤 가지고 다녔다. 유모차를 끌고 다니다가 동네 분식집 앞을 지나노라면 가게 아주머니가 귀엽다고 오뎅꼬치를 아이 손에 쥐어주기도 했다.

어려서부터 돌아다니는 걸 좋아하더니 커서도 아이는 활동적이다. 둘이 손잡고 오류동 골목길 누비던 옛 추억이 하나둘 지나갔다. 유치원 재롱잔치 할 때 예쁜 원피스 입고 율동에 맞춰 춤추던 앙증스러운 모습도 떠올랐다. 창밖에 내리는 흰 눈발 타고 그때의 추억들이 나에게로 날아드는 것만 같았다.

큰손녀는 다섯 살 때부터 집 앞에 있는 피아노학원에 다녔다. 유난히 피아노 치는 것을 좋아해서 또래 아이보다 진도가 빨랐다. 학원에서 발표회 하던 날, 예쁜 드레스 입고 〈사과 같은 내 얼굴〉을 연주하는데, 다섯 살짜리 연주치고는 수준급이었다. 구경 온 학부형 모두가 손뼉 치면서 귀여워했다. 그때 찍은 사진이 아직도 내 화장대 위에 있다.

손녀는 키가 크고 몸집이 좋아서 어렸을 때 대장 노릇을 하였다. 어떤 때에는 장난감을 혼자 차지하려고 해서 친구들과 다투기도 자주 하였다. 그럴 때면 싸운 친구들을 집에 초대해서 맛있는 음식 대접하고 화해시켜서 다시 친하게 지내도록 해주었다. 이렇게 하다 보니 손녀 친구들과도 자연스레 친해졌다. 모두 내 아이들같이 사랑스러웠다. 손녀는 삼 년 개근상을 원생 중에서 유일하게 혼자 받았다. 참석한 학부형 모두가 유치원 삼 년 개근은 아주 귀한 상이라고 칭찬해주었다.

큰손녀가 초등학교에 들어가서는 알림장 점검하는 일도 나를 무척 기쁘게 해주었다. 특히 그림일기 중에 어항 속 물고기를 그렸는데, 가장 큰 물고기를 할머니라고 써놓은 것을 보고 나는 감동의 눈물을 흘렸다. 아이 입장에서 가장 의지되고 사랑하는 사람을 그리 그렸을 거란 생각에서였다. 며느리한테는 미안했지만 염치없게도 키운 보람 같은 걸 느꼈다고나 할까, 그런 마음에서 몹시 뿌듯했다.

그 애는 친구들을 좋아해서 중고등학교 다닐 때에는 집에 자주 아이들을 데려오곤 하였다. 그럴 때면 나는 항상 치킨과 피자 등을 사서 식탁 위에 잔뜩 올려놓고 먹도록 했다. 그래서인지 지금도 길을 지나가다 손녀 친구들이 나를 보면 반갑게 달려와서 인사를 한다. 그럴 때면 내 마음속으로 엔도르핀이 마구마구 피어난다.

그런 손녀가 결혼을 한다고 하니 믿어지지가 않는다. 아직도 내 품안에 있어야 할 아이가 어디론가 날아간다고 자꾸만 날갯짓을 하고 있다. 나는 불안하고 또 불안하다. 아니 이제 제 갈 길을 가야 하는데, 할미 마음이 왜 이러나 모르겠다. 이번에 결혼할 남자 소개도 제일 먼저 나에게 해주어서 기분이 좋았는데도 그렇다. 내 마음은 흰 눈발 타고 날아가는 것 같이 좋으면서도 마냥 허전하다.

손주사윗감과 나이 차이가 8살이나 난다. 우리 아들 내외 반대가 조금 심했지만 손녀딸 부탁으로 중간에 나서서 아들 마음을 돌려놓았다. 아이들은 나를 자기들 결혼하게 만들어준 공로자라며 아주 좋아한다. 천만의 말씀이다. 나라고 그냥 도왔을 리 없다. 실제로 만나보니 사람이 듬직하고 예의도 바르고 모든 면에서 지혜롭고 현명한 것 같아 마음에 들어서 적극 밀어준 것이었다. 내가 누구인가. 우리 손녀 할미가 아닌가. 눈에 넣어도 아프지 않은 내 아기인데 아

●

123

무한테나 줄 수 있겠나. 아무렴 우리 아들 마음과 내 마음이 같을 수밖에.

하루는 우리 아파트 근처 은하수공원에 손녀와 손주사위와 셋이서 놀러갔다. 거기에 있는 미끄럼틀을 보고 나도 모르게 웃음이 터져나왔다. 아이들이 왜 웃느냐고 물었다. 나는 손녀가 다섯 살 때 이야기를 해주었다. 살이 포동포동하게 오른 손녀가 손목이 포동하고 잘록했을 때였는데, 몸집이 통통하여 놀이터 미끄럼틀에 잘 올라가지 못해 내가 엉덩이를 밑에서 받쳐줬던 기억이 나서 웃었노라고 말해주었다. 그 말을 듣고 손녀도 손주사위도 손뼉치며 따라 웃었다. 그때는 생각만 해도 귀엽고 사랑스럽다.

정말 세월은 눈 한번 깜박할 사이 십 리도 더 간다는 생각이 들었다. 아기였던 손녀가 시집을 간다니 대견하기도 하고 서운하기도 하다.

창문을 열고 하늘을 바라본다. 아직도 흰 눈은 면사포를 대지에 드리운 듯 소리 없이 내린다. 백설의 세계로 손녀와 손주사위 손잡고 웨딩마치 울리며 걸어가는 듯 내 입가로 겨울 장밋빛 미소가 피어오른다.

●

Part IV

식혜 한 사발

꽃무늬양산

요사이 날씨가 찌는 듯 덥다. 한여름이라고는 하나 내 평생 이같이 덥기는 처음이다. 지구의 온도가 높아져 그렇다고 하는데, 태양이 폭발이라도 할 것처럼 쉴 새 없이 열기를 뿜어낸다. 이럴 땐 양산을 쓰지 않고는 외출하기가 어렵다. 다른 건 몰라도 외출할 때 양산은 반드시 챙기게 된다. 남들은 선글라스를 끼고 모자를 쓰면 된다고 하는데, 나는 햇빛 가리개로 양산만 한 게 없다고 본다.

평소 나는 두세 개의 양산을 번갈아가며 사용한다. 가격이 비싼 것도 있고, 값은 그만하나 추억이 깃든 거여서 애지중지하는 양산도 있다. 그중 내가 아끼는 양산은 꽃무늬양산이다. 나는 꽃무늬 겹양산을 쓸 때마다 우리 집에서 살았던 경순이 생각을 한다.

그는 7년 전 내가 무릎수술을 준비할 때쯤 우리 집에 도우미로 왔다. 깔끔한 성격에 나의 다른 잔소리가 필요 없을 정도로 일을 똑부러지게 잘하는 친구였다. 그녀와는 3년간 동고동락하면서 편하

●

게 생활했다. 전생에 맺은 인연이 깊었는지 친자매보다도 더 정답게 지냈다. 경순과 우리 집에서 두 번째 여름을 맞았을 때 일이다.

그녀는 어느 일요일 자기 집에 다녀오면서 예쁜 양산 하나를 사와 나에게 주었다. 나는 웬 양산인가 했다. 고마우면서도 의외의 일이어서 물은 것이다. 경순은 대뜸 "언니, 돈 있는 집구석 사람이 양산 없는 것은 처음 본다" 하였다. 그 말을 들으니 농담이라기보다는 그의 진심이 그대로 느껴져 잠시 가슴이 뭉클했다. 어느 누가 나를 위해 양산을 준비하겠나. 딸이 있어 살뜰히 챙기길 하나, 며느리가 한가해서 사소한 것까지 참견하길 하나, 딱히 바란 건 없었지만 그녀의 말을 들으니 나 자신이 애처로웠다. 우린 둘이 눈 맞추기 무섭게 손을 맞잡고는 그래그래 하면서 한바탕 웃었다.

그동안 집안일과 남편 간병에 손자손녀 돌보느라 정신없이 보냈다. 당연하게도 나에게 신경쓸 여유가 없었다. 더군다나 생각지도 않은 양산을 쓴다는 건 호사를 누리는 사람의 일이라 여겨서 나와는 거리가 멀었다. 식재료를 들고 시장에서 돌아올 때는 양손에 항상 장바구니가 들려 있었다. 남는 손이 없으니 양산 같은 건 엄두도 내지 못했다. 남편과 병원에 갈 때에도 신경을 온통 거기 집중해야 했기에 겨를이 없었다. 무엇보다도 나는 양산 같은 건 생각지도 않았다. 그래서인지 화장도 제대로 하지 않은 내 얼굴은 자외선에 그대로 노출되어 거뭇거뭇한 잡티가 늘어갔다.

경순이 처음 사준 양산을 들고 다닌 지 몇 해가 지난 작년의 일이다. 큰손녀 결혼식에 오면서 그는 새 양산을 사가지고 왔다. 최근 유행하는 이중 햇빛 차단 양산이라고 했다. 내가 핑크빛 꽃무늬를 좋아한다고 했던 걸 기억해두었다가 그런 양산을 선물로 주니 그걸 받으며 눈물이 다 났다. 손녀 결혼식 올리는 동안 우리는 손을 꼭 잡고 있었다. 나는 경순의 손등을 한 손으로 다독이며 쓸어내렸다. 우리의 지난 일들이 주마등처럼 스쳐지나갔다.

신부 입장이 끝나고 주례사를 듣고 있는데, 혼주석에 앉은 아들이 연신 눈물을 닦았다. 며느리는 어떤가, 살펴보니 오히려 의연했다. 계속 눈물을 닦아내는 아들을 보면서 "도대체 쟨 왜 우는 건데?" 들릴 듯 말 듯 중얼거렸지만, 경순과의 만남이 감격스러워 더는 아들의 우는 모습도 자세히 보지 못했다.

경순이 우리 집에 온 지 8개월쯤 되었을 때 남편이 저세상으로 떠났다. 그때 나는 남편 죽음을 예기치 못하고 무릎인공관절수술을 예약해둔 터여서 와병 중인 남편을 두고 수술을 했다. 수술받은 지 3주밖에 되지 않아 일어나 걸을 수도 없었다. 사람들 보기도 민망하고 남편을 제대로 배웅하지 못하는 것 같아 죄스러웠다. 나는 휠체어에 앉아서 장례식을 마쳤다. 그날따라 바람이 차갑게 불었다. 경순은 내가 탄 휠체어를 이리저리 불편하지 않게 알아서 밀고 다녔다. 말하지 않아도 나의 발이 돼주니 고마울 뿐이었다.

●

팔힘이 세다며 내 걱정을 덜어준 그녀였다. 굽은 길도 오르막길도 어떤 내색 없이 나와 한몸이 되어 움직였다. 장례식 내내 나는 경순에게 미안하면서도 넘치게 고마웠다. 그가 내게 베풀어준 일들은 그 외에도 열거할 수 없을 정도로 많다. 그러나 그림자처럼 내 가슴속에 매일같이 매달려 다니는 것은 양산을 사다준 그의 마음이다. 그가 내게 준 양산은 단지 햇빛을 가리는 용도로서의 물건이 아니다. 잃어버린 여성성과 그 아름다움을 잊지 말라는 무언의 바람도 함께였다. 그렇기에 그의 마음을 영원히 잊지 못할 것이다.

보통 사람들은 양산을 단순한 햇빛가리개로 생각할 거다. 그러나 나는 경순이 건넨 마음뿐만 아니라 따뜻한 정이 넘치는 고향집을 늘 머리에 이고 다니는 것 같았다. 꽃무늬양산을 펼칠 때마다 내 고향 옷갓이 같이 펼쳐지니 아련하고 행복하다.

경순과 나는 닮은 게 있는데 하나같이 고양이나 강아지 등을 귀여워한다는 것이다. 그가 우리 집 일을 그만두고 자기 집으로 돌아갈 때, 함께 기르던 고양이 냐냐를 데리고 갔다. 여기에 두고 가면 내가 힘들 거라면서 자신이 잘 키우겠다고 했지만, 나는 알고 있었다. 그의 속내는 깊게 정든 냐냐와의 이별이 싫었던 것이다. 그 뒤에도 어미에게 버림받은 새끼 길고양이 두 마리를 데려와 살을 올린 뒤 중성화수술을 하여 그에게 길러달라고 부탁하면 두말않고 데리고 가서 잘 키웠다.

그가 가고 나는 며칠이나 울었는지 모른다. 오죽했으면 아들이 이모같이 생각하고 끝까지 모시겠다고 하면서 계속 있어달라고 했을까. 그러나 자기가 천식기도 심해지고 있다며 그냥 떠나갔다. 얼마 전 만났을 때 "언니 집에 있으라고 할 때 미안해서 떠나온 것이 내 일생 중에 가장 후회되는 일이었어"라고 했다. 나는 그를 다시 부르고 싶었지만 현재로선 그의 건강이 좋지 않아 그때보다도 더 완강했다. 인생길에는 만남이 있으면 그 뒤에 이별을 준비해야 되고 더 나아가서는 이승과 저승의 갈림길에서 손을 흔들어야 할 때가 온다. 그와의 이별도 숙명이려니 했다.

올해는 에어컨을 켜지 않으면 견디기 어려울 정도로 더위가 심각하다. 외출할 때 양산을 꼭 챙기곤 하지만, 요즘 같을 때는 그것이 중요한 필수품이 되었다.

오늘도 경순이가 선물한 사랑의 꽃무늬 겹양산을 쓰고 집을 나선다. 문을 열고나서기 무섭게 턱, 하니 숨이 막힌다. 양산을 펼친다. 눈부신 햇살을 막은 것만으로도 시원한 기분이 든다. 사막 한가운데에서 오아시스를 만난 기분이 이럴까. 경순은 나에게 하나밖에 없는 꽃무늬양산이다.

●

핑계

비는 며칠째 오다 말다를 반복하고 있다. 창문 열고 가로등 아래 흩뿌리는 비를 바라본다. 봄비치고는 제법 굵게 내린다. 그날도 비가 왔는데…. 갑자기 오래 전 친구가 떠오르면서 그동안 잊고 지낸 기억이 자책과 함께 떠올랐다. 나에겐 둘도 없이 고마운 친구, 이재귀와의 만남이다.

40여 년 전 대구 칠곡에 살 때 일이다. 현관을 들어선 남편이 이재귀란 친구를 아느냐고 지나가는 말로 물었다. 깜짝 놀라서 당신이 어떻게 내 친구 이름을 아느냐고 물었다. 남편은 사업상 아는 사람과 만나 가족 이야기를 하다가 그 사람 부인과 내가 친구 사이인 것 같아서 물어본 거라고 했다. 재귀하고는 중학교 2학년 때 한반이었다. 뒤에 알았는데, 두 남자는 사업으로 가까워졌지만 나중에는 사업보다 술을 핑계로 자주 만난 사이였다.

봄비가 주룩주룩 내리던 어느 날, 친구 내외가 우리 집에 연락도

●

132

없이 찾아왔다. 남편이 초대한 거라고 하는데, 너무도 갑작스러워서 당황하였다. 그때 나는 직장생활을 했기에 시간에 쫓겨 집 정리도 제대로 못하고 고작 밥이나 해먹고 다닐 정도였다. 퇴근하여 부랴부랴 저녁식사 준비를 하고 있을 때 갑자기 남편과 함께 들어온 것이다. 그러나 내 친구는 아무 내색 없이, 너무도 자연스럽게, 아무 문제없다는 듯 잘 놀다가 돌아갔다. 얼마 후에는 친구도 자기 집에 우리 부부를 초대하였다. 그때만 해도 아파트가 귀한 때였는데, 그들은 평수가 큰 아파트에 살고 있었다. 친구 남편이 큰 회사를 운영한다는 건 이미 들어서 알고 있었다.

그 집에 들어서니 자연스럽고 은은한 향기가 절로 풍겨서 마음이 끌렸다. 넓은 집에 좋은 가구들, 저마다 알맞게 정돈이 잘 돼 있어 편안해보였다. 나도 모르게 부럽다는 생각이 들었다. 놀라운 것은 다 큰 친구의 시동생이 그들 부부와 함께 살고 있었다. 시동생은 지적장애인이었는데, 그런 시동생을 그 친구가 극진히 위하고 있는 모습이 장해보였다. 평상시는 물론 화장실 갈 때도 지극히 살폈다. 그런 면면을 보면서 저 친구가 저토록 착해서 복을 받는구나라는 생각이 들었다.

어느 일요일, 친구가 혼자 우리 집으로 놀러왔다. 차 한 잔을 마시고 나더니 집 근처에 있는 내 근무처에 한번 가보고 싶다고 했다. 왜 그러나 싶었지만 묻지 않고 데리고 나갔다. 그는 사무실 내 자리에 앉아보더니 "너는 좋겠다, 직장에도 다니고" 하면서 나를 부러워했다. 갑자기 왜 저러나 했다. 뒤늦게 생각해보니 그때 내가 고생하는 것을 감싸주려고 일부러 그런 게 아니었나 싶다.

자기 집으로 돌아간 친구가 밤쯤에 나에게 전화를 했다. 안방 벽에 걸려 있는 내 외투 주머니를 살펴보라는 거였다. 나는 방으로 들어가 외투 주머니에 손을 넣었다. 거기에는 수표 한 장이 들어 있었다. 꺼내서 자세히 들여다보니 오백만 원짜리 수표였다. 나는 놀라서 다시 들여다보고 또 들여다보았다. 그 액수가 분명히 맞았다. 그때 나는 농협에 다녔는데도 오백만 원짜리 수표는 보는 것도 만지는 것도 처음이었다. 그에게 전화를 해서 어떻게 된 거냐고 물었다. 친구는 웃으면서, 여유가 조금 있어서 넣어둔 것이니 아무 생각 말고 가사에 보태쓰라고 하였다. 눈물이 날 정도로 고마웠다. 그 돈은 급한 대로 농협 대출금을 갚는 데 썼다. 남편이 사업을 크게 벌려 메꿔야 할 돈이 산더미일 때였다. 친구는 보이지 않는 내 속을 어떻게 알았던 걸까. 지금 생각해도 알 수 없는 일이다.

그런데 이상한 것이 그다음부터 그 친구와 연락하고 만나는 일이 부담스러워졌다. 지금 생각하니 내 자존심에 금이 조금 간 듯했다. 지금이라면 고마워서 더 친하게 지냈을 것 같은데 그때는 어린 마음에 못나게도 그리 못한 것이다. 그 뒤 내가 서울로 이사 오면서 연락하지 않고 지내다가 그 친구와 연락이 아예 끊어졌다. 굳이 변명을 하자면 남편 병수발 손자손녀 돌봄으로 바빠서였다고 하고 싶다. 모두 다 핑계이다. 틈틈이 그 친구가 생각나지 않았던 것도 아닌데, 나는 삶이 피곤해 일부러 피해왔던 것이다. 고마운 마음 애써 접어둔 채로 다독이고 다독이면서.

세월이 지나고 보니 그 친구를 잊고 산 시간이 죄스럽고 한없이 미안하다. 지금이라도 친구를 찾고 싶은데 방법을 모르겠다. 어느 방송국의 사람 찾기 프로그램에 나가 친구를 찾아볼까도 생각해본다. 그렇게라도 친구를 만날 수만 있다면, 꼭 한번만이라도 그러고 싶다.

흔히 사람들이 말하는 것처럼, 내가 인복이 많아서 그런 친구를 만났었구나, 하는 생각을 할 때가 있다. 그렇지 않고서야 속 깊은 고마운 친구를 우연이라도 만날 수 있었을까.

열서너 살 소녀 시절 만났던 우리가 남편을 통해 해후한 후로, 이제는 서로 다른 인생을 살았다. 황혼의 길목에 서 있다고 생각하니 너무나 서러워 더 이상 할 말이 나오지 않는다. 이렇게 봄비가 내리는 밤이면 그리운 사람들이 빗줄기 타고 내 가슴속으로 파고든다. 그런 날이면 창문을 활짝 열고 빗줄기를 하나둘 세어본다. 빗줄기 사이로 그 친구 얼굴이 얼핏 보이는 것도 같다.

어깨동무 내 동무

　밤은 깊었는데도 우리 이야기는 끝날 줄 모르고 이어졌다. 서해
바닷가 아담한 민박집 이층. 고향 친구 모임에서 15명이 전라도 군
산에 위치한 선유도로 여행 왔다. 10명은 대구에서 25인승 버스를
타고, 나와 재경친구 5명은 기차 타고 중간 집결지인 대전에서 버스
에 합류하여 선유도에 도착했다. 저녁식사 후 맥주도 한 잔쯤 돌아
갔다. 이야기꽃은 질 줄 모르고 우리들 시간 속에서 새롭게 다시,
거듭 피어났다. 창문 너머로 처얼썩 철썩, 파도치는 소리가 쉬지 않
고 들려왔다. 갈매기도 제집 찾아 날아가고 없는 4월 끝자락 깊은
밤이었다.

　초등학교 저학년 때는 노는 데 정신이 팔려 수업 시작 종소리도
듣지 못했다. 나뿐만이 아니었다. 운동장에서 놀면 선생님이 나와
서 우리를 불러들였는데, 그날은 고무줄놀이에 온통 빠져서 선생님
이 부르는 소리도 듣지 못했다. 나중에 반장을 통해 교실로 불려간

●

우리는 선생님께 훈계를 듣고 복도에서 나란히 무릎 꿇고 앉아 손 들고 벌을 섰다.

고학년이 되어서는 점심 도시락을 가지고 다녔다. 겨울방학이 되기 전까지 교실에 난로를 설치하여 난방을 했다. 우리는 집에서 챙겨간 양은 도시락을 구공탄 스토브 위에 차례대로 올려놓았다. 맨 밑에 놓은 도시락은 자연히 누룽지가 되었다. 그 맛을 알고부터 서로들 자기 도시락을 밑에 놓으려고 쟁탈전을 벌였다. 하루는 서로 먼저 놓으려고 난롯가로 달려가다가 찬수가 난로 앞에서 도시락을 손에 쥔 채 넘어졌다. 하마터면 난로를 끌어안은 채 넘어질 뻔했다. 우리는 그날의 아찔함이 되살아난 듯 서로 부르르 떨었다.

운동회 때 일은 백 번을 얘기해도 물리지 않는다. 들을 때마다 처음 듣는 이야기처럼 왜 그리 재미있는지. 당한 사람은 어떤지 몰라도 관람객인 우리는 그저 배꼽이 빠져나가라 웃는다. 운동회의 백미는 뭐니뭐니 해도 육상경기이다. 이어달리기도, 장애물경주도, 부모님이 함께하는 달리기도 재미있다. 그중 우리가 제일 재미있어 하는 종목은 개인달리기이고 친구 명희가 등장하는 경주였다.

그날, 제일 꼴찌로 달리던 명희가 갑자기 오른쪽 팔을 뻗더니 앞에 가는 친구 옷을 힘껏 잡아당겼다. 속력을 내서 달리던 친구는 갑작스런 명희의 반칙에 제대로 넘어지면서 발목 인대가 나가버렸다. 앞서 달리던 친구들은 그것도 모르고 운동장을 돌았지만, 선생님들과 관중석에서는 한국전쟁 때 난리만큼이나 당황했던 사건이었다.

●

소풍 때 기억 또한 빼놓을 수 없다. 밤을 삶아서 명주실에 꿰어갔고 김밥과 삶은 달걀도 반드시 챙겨가는 음식 중 하나였다. 그때 우리는 병 환타를 좋아했는데, 그 맛이 왜 그리도 좋았는지. 우리는 아주 오래 전 일들을 생생하게 기억하면서 최근에 일어난 일은 기억하지 못하는 게 치매 초기 증상이 아니냐고 우스갯소리까지 했다. 어떤 친구가 맞는 말이라고 맞장구를 쳐서 한바탕 소란하게 웃었다.

잠을 자는 둥 마는 둥, 아침밥을 먹는 둥 마는 둥, 그래도 친구 얼굴 보면서 다음 날을 맞았다. 계획했던 유람선 타고 1시간 30분가량을 서해바다 푸른 낭만에 취했다. "여기는 선유도 망주봉입니다" 하는 선장의 안내방송이 바다 물결 따라 출렁였다. 지나가는 조그만 섬마다 전설이 숨어 있어서 이야기를 들을 때마다 귀가 솔깃하련만, 수다쟁이 할망구들은 선장의 열정과는 달리 자기들끼리 쳐다보고 얘기하고 웃느라 듣는 둥 마는 둥 아예 정신이 없었다. 여행하기 좋은 계절이어서인지 유람선에는 우리 말고도 손님이 여럿이었다. 주로 연세가 많은 분들이었다.

경남 의령에서 왔다는 팔십이 훨씬 넘어보이는 할머니 네 분이 인상적이었다. 한 분은 지팡이를 짚었고 나머지 세 분도 허리가 굽어 불편해보였다. 그분들을 보니 머잖아 나도 저리되겠구나 하는 생각에 기분이 씁쓸했다. 마음속으로 그들에게 응원의 박수가 쳐졌다.

나도 건강이 좋은 편은 아니다. 신장 기능이 좋지 않아 저염식하

●

는 것 때문에 1박 2일 여행이 쉽지 않았다. 먹을 음식이 제한된 것도 있지만, 나로 인해 신경쓸 친구들을 생각하면 마음이 불편했다. 적당한 핑계를 대고 불참의사를 밝혔지만 눈치빠른 잠실 친구가 내 반찬을 해오겠다며 걱정하지 말고 함께 가자고 했다. 대구 친구들역시 수시로 전화하여 같이 가자하니 못할 짓이다 싶어 따라왔는데, 이렇듯 수평선 바라다 보이는 푸른 바다 위에서 웃음꽃도 피우고 낭만도 나누니 잘 왔다는 생각이 들었다.

새우깡 얻어먹으려고 배를 따라오는 갈매기들은 보는 즐거움도 있지만 한편으론 애처롭다. 자기들 음식이 아닌, 사람에 길들여진 가공된 음식을 쉽게 먹고 사는 새들의 일생이 왠지 내 눈에는 안쓰러웠다. 어쩌면 손바닥 위에 놓아둔 과자를 날렵하게도 잘 채어가는지 웃기고 신기할 따름이었다.

배에서 내려 선유도 투어버스에 올라 섬 한 바퀴를 돌았다. 텔레비전에서 봤을 때보다 더 정겹고 아름다웠다.

민박집에 하룻밤 자고 그 이튿날 부안으로 가는 길에 새만금간척지를 구경하였다. 바다를 막아 갯벌을 개발하여 둘레가 백 리나 되는 간척지를 만들었다는 것이, 눈앞에 그것을 두고도 믿기지 않을만큼 대단했다. 국토를 훼손했다는 느낌도 들고 땅을 이렇게 넓히기도 하는구나, 하는 생각도 들면서 자연환경은 어떻게 되는 것인지? 하는 걱정과 함께 갑자기 머리가 복잡해졌다. 그럴 때는 맑고 파란 하늘을 올려다보는 수밖에 어떤 방법도 없다는 것을 알고 있었다.

돌아오는 길에 젓갈상점에 들렀다. 친구들은 새우젓, 명란젓, 갈치젓 등 많이들 샀다. 나도 새우젓 2만 원어치를 샀다. 그곳 사람들은 인심이 후했다. 조그만 통으로 한 통 넉넉히 담아주고는 명란젓도 맛보기로 조금 챙겨주었다. 버스 안에서 젓갈 이야기를 하다보니 자연스럽게 김치 이야기가 나왔다. 나는 그 맛난 김치를 맛볼 수 없다는 생각에 쓸쓸했다. 생각만 해도 군침이 돌았다.

처녀시절, 친구들과 겨울밤에 모여 흰쌀밥 해먹던 추억 속으로 모두들 빠져들었다. 그때 흰쌀밥 위에 김장김치 쭉쭉 찢은 걸 얹어 먹으면 진수성찬이 따로 없었다. 말 그대로 꿀맛이었다.

누군가 수연이 생각이 난다고 했다. 그때 수연이가 흰쌀밥에 김장김치 얹어먹는 걸 제일 좋아했다. 수연이 이야기가 나오자 모두들 침울해졌다. 몇 년 전 심장마비로 그 친구가 갑자기 떠났을 때 우리는 많이도 힘들어했다. 유난히 내 마음이 아팠던 건, 어릴 때 매일 우리 집에 와서 함께 널을 뛰고 얼굴 맞대며 가깝게 지냈던 친구였기 때문이다. 한번은 수연이가 어린 동생을 업고 우리 집에 왔다. 철부지인 우리는 동생을 호사시켜준다고 널판 중앙에 앉혀놓고 널을 뛰었다. 쿵, 하고 아기가 땅바닥으로 나뒹굴어 코피 흘리고 이마에 알밤만 한 혹이 튀어나와 우리가 더 겁이 나서 크게 울었던 기억이 엊그제 일 같다.

나의 어린 시절을 고스란히 담고 있는 친구들이기에 만나면 반갑고 헤어지면 금방 그립다. 어릴 적 고향 친구들은 무슨 이야기를 해도 흉허물이 없으니 고된 시집살이와 남편 흉보기, 자식 자랑 등 가슴 한켠에 묻어두었던 신세타령도 속 편히 하면서 같이 울고 웃는다. 서로 마음이 통해서이다. 모두들 나이가 들어 색이 바랬어도 가끔씩 만나 수다를 떠니 다시 십대 소녀로 돌아가는 듯하다. 기분 같아선 자주 만나 웃고 떠들면 젊어질 것도 같았다.

1박 2일 여행이 한 순간인 듯 아쉽게 끝났다. 돌아오는 길에 한 친구가 건망증이 심하다 하면서 이틀 동안 이야기를 요약해달라고 했다. 유머꾼 선이가 또 설을 풀었다. "다음번에 여행 올 때는 광목한 필 가지고 와서 거기에다 다녀온 장소 등을 적어서 모두들 머리에 매고 허리에 차고 다니자" 하여 모두들 데굴데굴 잡히지도 않는 허리를 쥐고 웃었다. 나도 쇠똥 굴러가는 것만 보아도 웃는다는 십칠 세로 돌아간 기분이었다.

헤어지는 것이 섭섭했지만 한 달 뒤에 내 손녀 결혼식에 모두들 올라오겠다고 하여 아쉬움을 달랬다. 빨리 그날이 왔으면 좋겠다고, 벌써 자기들끼리 서울행 전세버스를 예약해놓았다고 해서 감격했다. 고향친구가 아니라면 이런 정성이 가능하겠는가.

헤어질 때 한 친구가 내가 잘 먹는다고 물에 몇 시간을 불려서 삶아온 땅콩을 비닐 주머니 한가득 넣어주었다. 대전에서 헤어져 서울로 돌아오는 기차 칸에서 땅콩 한 알 우정 한 알 되씹으니 고마운 마음에 자꾸만 눈물이 났다. 아픈 친구 잊지 않고 음식을 챙기는 친구를 어찌 잊겠는가. 나도 그 친구를 마음에 새기면서 차창에 스치는 봄 이야기를 서울로 오는 내내 내다보았다.

신록이 차창을 스친다. 산등성이에 서 있는 소나무들이 내 손을 어루만지며 격려해주던 어깨동무 내 친구들 같다. 항상 건강 잘 지켜 푸르게 푸르게 살아가자고, 우리들 우정이 이처럼 건강하길 바란다고 봄바람에 실려 전해주는 듯하다. 친구들과의 만남을 생각하다보니 네댓 살은 젊어진 기분이다.

짧은 일정이었지만 너무도 귀해서 잊지 못할 시간이다. 보양식을 따로 챙겨먹은 것도 아닌데 몸이 한결 가볍다. 이런 일 또 있을까. 어깨동무 내 동무, 소나무 같은 내 동무.

식혜 한 사발

   올해 설날에도 오류동 순이네서 식혜가 택배로 왔다. 1.5리터 패트병 6개에 담아 냉동실에 얼린 것으로 보내왔다. 명일동으로 이사 온 지 15년이 지났는데도 설날과 추석 전에 꼭 보내온다. 내가 식혜를 좋아한다고 옆집에 살 때부터 해주었는데, 떠나온 지 이리 오래 됐는데도 한해도 거르지 않고 계속 보내주고 있다.

   순이네는 고향이 전주라서 그런가 음식 솜씨도 좋지만, 식혜 만드는 솜씨가 일품이다. 지나치게 달지도 않고 밥알이 톡톡 튀는 것이 탱글탱글하고 식혜 색깔이 맑은 게 시중에 파는 식혜와는 완전 다른 맛이다. 그 정성이 너무 고마워 먹을 때마다 감동한다. 아들이 오류동에서 보내주는 식혜는 옛날 외할머니가 만들어준 것과 같은 맛이라고 해서 어릴 때 친정어머니가 해준 식혜 맛이 생각났다.

   초겨울이 되면 마당에 널따란 멍석을 깔고 그 위에 씻은 보리를 펼쳐 널은 후 보리에서 싹이 날 때까지 찬바람에 얼렸다 녹였다를 여러 번 반복해야만 좋은 엿기름을 얻을 수 있었다. 싹이 난 보리를 햇볕에 골고루 말리기 위해 멍석 이 끝에서 저 끝까지 맨발로 보리를 뒤집으면서 밭고랑 타듯이 저어가는 작업을 수시로 하였다. 그때는 발로 젓는 게 싫어서 어머니가 시키면 할 수 없이 했지만, 발끝으로 보리를 탁탁 차면서 마지못해 했던 기억이 난다. 귀찮기는 해도 그렇게 겨울바람에 얼리고 녹이고 하면서 싹을 틔운 엿기름으로 식혜를 하면 더 달고 맛이 있었다.

엿기름을 곱게 갈아 물을 붓고 꽉꽉 주무른 다음 체에 걸러 노리끼리한 엿기름 물을 찰밥이나 이밥에 붓고 저온으로 하룻밤 숙성시킨 후 이튿날 아침 밥알이 동동 떠오르면 다시 큰솥에 옮겨 물을 적당히 더 붓고 설탕을 조금 가미해서 팔팔 끓이면 맛있는 식혜가 완성된다.

결혼 초에 식혜가 먹고 싶어 기억을 더듬어보았다. 어머니 옆에서 만드는 걸 본 적이 있어서 생각나는 대로 따라해보니 어설프게나마 식혜가 만들어지기는 했지만, 그 본연의 맛은 나지 않았다. 추운 겨울날 마루 한쪽에 놓아둔 항아리에서 식혜 한 사발씩 식구 수대로 퍼와 따뜻한 아랫목에 빙 둘러앉아 마셨던 그날의 식혜 맛이 생각나 몇 번이고 친정집 쪽으로 고개를 돌리곤 했다. 그때 마시던 겨울 식혜는 요즘 아이들 좋아하는 그 어떤 아이스크림 맛보다 더 좋았다.

현대인들은 식혜를 직접 만들지도 않고 아이들은 아예 외면해버리는 음식이다. 나이 든 어른들에게는 향수를 불러오는 음식이다. 아파트 생활에 익숙해지면서 추운 줄도 모르고 지내지만, 옛날 집은 문틈으로도 찬바람이 파고들어 살을 에었다. 그런 열악한 환경에서도 우리네 어머니는 자식들 주려고 정성들여 식혜를 만들었다.

식혜 만드는 솜씨는 우리 어머니도 외할머니한테 전수받았다. 키가 자그마하신 우리 외할머니는 어떤 일을 해도 당차셨고 손맛이 아주 좋았다.

내가 어릴 때 인동 세월 외갓집에 가면 헛간방 투박한 옹기단지에 식혜를 한가득 담아놓고 표주박로 떠먹었다. 어리고 키가 작았던 나는 발돋움하면서 겨우 떠먹었는데, 그 맛이 시원하고 달콤해서 지금도 입안에 맴도는 것 같다.

커피 향이 아무리 좋다 해도 식혜의 달콤한 향은 따라갈 수 없다. 밥알 하나하나 세어가며 어머니의 정성어린 그 맛을 다시 맛보고 싶어 오류동에서 보내온 식혜를 마신다. 맛은 비슷하지만, 그 깊은 맛은 찾아볼 수가 없어 아쉽다. 이젠 단발머리 귀여운 소녀가 황혼빛에 물든 때문인지도 모르겠다.

창밖은 추적추적 겨울비가 내린다. 어머니 생각에 비 맞은 가로등 불빛이 쓸쓸하다. 아직 얼음이 녹지 않은 식혜를 냉장고에 차곡차곡 넣는다. 날 밝으면 '순이'한테 전화라도 한 통 넣어봐야겠다.

●

낯선 고향 낯익은 친구

나의 고향은 경상북도 칠곡 신동에 있는 '웃갓'이라는 마을이다. 일년에 봄가을 두 번씩 각지에 흩어져 사는 어릴 적 친구들은 칠십이 넘은 나이에도 그리움을 안고 고향으로 모인다. 그동안 나는 남편 병간호와 손자손녀 키우느라 참석을 못하고 친구들의 전화 목소리로 대리만족하며 지냈다.

노후에 들어 생활의 안정도 찾았고 마음의 여유도 건강도 허락되어 친구들 모임에 참석하기로 했다. 그리운 얼굴을 만날 생각에 밤잠을 설쳤다. 부푼 설렘을 안고 10년 만에 고향 열차에 올랐다. 마음은 벌써 고향에 가 있고 그리운 친구들 얼굴이 하나둘 떠올랐다. 지금껏 묵묵히 고향을 지키고 있는 두 명의 친구가 있다니, 마음이 든든하고 고마웠다.

모임에 참석하고부터 장소는 나의 친척인 왕고모 댁으로 정했다. 왕고모가 소천하신 후 빈집을 자손 맏아들이 관리하면서 여러 남매

●

가 수시로 만남을 이어왔던 집이다. 왕고모님 손때 묻은 옛 추억과 향수를 담고 있는 집으로, 넓고 고풍스런 정원이 잘 관리돼 있었다. 웃갓에 있는 집이기에 만남의 장소로 안성맞춤이었다.

서울에 거주하는 친구들 다섯 명이 내려갔다. 음식 솜씨가 좋은 잠실 친구와 청량리에 사는 친구 둘이 멸치볶음, 오징어무침, 콩자반, 각종 나물무침 등으로 밑반찬을 준비해 왔다. 빈손으로 간 나는 미안한 마음과 그들의 정성이 고마워서 찬조금으로 대신했다. 대구 사는 친구들은 생선, 쇠고기 등 국거리를 가져오고 고향에 사는 한 친구는 쌀을 한 포대 챙겨왔다. 1박 2일 동안 친구들과 당번을 정해 놓고 음식을 해먹었다.

이틀 동안 왕고모님 댁에서 먹고 놀면서 밤이 새도록 이어지는 이야기는 끝이 없었다. 친한 친구들의 희로애락이 담긴 드라마 같은 이야기들…. 각자가 살아온 이야기에 감동받아 슬픔도 기쁨도 같이 나누는 사이, 우리들은 밤이 깊어가는 줄 모르고 눈시울을 붉히기도 했고, 배를 잡고 웃기도 했다. 천진난만했던 동심으로 돌아가 잠시 시간이 멈춘 듯했다. 고향 친구들은 나이가 80을 향해 달려가는 76세들이다. 이제 몇 번이나 만남을 더 할 수 있을까? 쏜 화살같이 날아가는 시간이 야속하다.

부산에 사는 옥선이는 어릴 때 바로 이웃집에 살아서 나와 각별한 사이인데 요사이 남편 간병하느라 참석이 어렵다고 연락이 와서 무척 안타까웠다. 모두 노년에 접어드니 본인이 아프지 않으면 남편이 아파서 어쩔 수 없이 세월을 실감했다.

다음날 날이 밝기를 기다려 낙화담 저수지로 가기 위해 집을 나섰다. 가는 길에 나는 친구들과 잠깐 헤어져 예전에 살던 우리 집을 둘러보러 갔다. 집이 가까워지면서 가슴이 쿵쾅댔다. 커다란 대문을 열고 들어서니 널따란 마당에 우물과 안채와 사랑채도 그대로였다. 다만 대청마루에 유리문을 설치하여 낯설었다. 댓돌 위에 놓인 흰 고무신을 신고 할머니와 어머니가 금방이라도 내려와 반갑게 내 손을 잡아줄 것만 같았다. 나도 모르게 손을 흔들며 가까이 다가가는데, 그 집에 살고 있는 아주머니가 나를 알아보고는 웃으면서 맞아주었다. 돌아가신 그 집 할머니의 며느리 되는 분이었다. 새댁 때 보았는데 벌써 중늙은이가 다 되었다.

동네 길 걸어가며 마주치는 사람들과 눈인사를 건넸지만, 나는 그곳에서 이방인이었다. 당시 같이 지낸 어르신들은 모두 하늘나라로 떠났고 몇몇 알 만한 사람들은 중늙은이가 되어 있었다. 사금파리 가지고 소꿉놀이하던 내가 감꽃같이 정다운 동네 어르신들 모습으로 변해버렸으니, 세월의 흐름을 누가 막을 수 있으랴. 덩그러니 홀로 남아 망망대해를 바라보듯, 나는 그곳에 섬이 되었다. 주변을 둘러봐도 바람소리 풀잎 부딪히는 소리뿐이었다.

낙화담 가는 길 그 옛날 포근한 흙길은 어디로 가고, 딱딱한 아스팔트로 포장되어 너무나 생소했다. 저수지 둑도 한편으로 시멘트 계단을 만들어서 편하게 해놓았지만, 나는 그것을 보는 순간 내 마

●

음속에 간직한 추억 한 편이 사라진 것만 같아 못내 서운했다. 모든 것이 세월의 흐름 따라 급속히 발전하고 변해갔다. 저수지 바로 밑 울창한 소나무 숲은 식당이 자리잡았다. 내가 저학년 때 대구 수창 초등학교로 전학 가기 전까지 소풍 가서 보물찾기하던 곳이었는데…. 그 소나무 숲 한 편에 밤실댁 할아버지 할머니가 살았다. 친구들과 같이 놀러가면 항상 커다란 알사탕을 주면서 귀여워해주었는데, 그 생각을 하니 괜스레 가슴이 뻐근했다.

낙화담 저수지도 쾌속 보트가 질주하고 입구에는 관광 안내판이 서 있고 주위에 조경 쉼터 벤치도 군데군데 놓여 있었다. 온전히 여행자를 위한 관광지로 변모해 있으니 내가 고향을 찾은 것인지, 어느 낯선 곳으로 여행을 온 것인지 도통 알 수 없었다. 옛날 그 둑길에 돗자리 깔고 놀던 때가 그리웠다. 생각에 잠겨 덧없이 둑길을 걷고 또 걸었다. 꿈길에서도 거닐던 낙화담 밑 옛꼴산 오솔길, 굴밤나무도 아름드리 큰 고목이 되어 아름다운 풍채를 뽐냈다.

길옆에 가지런히 피어 있는 제비꽃, 강아지풀, 토끼풀이 그때처럼 나를 반겨주고 따가운 도깨비바늘이 발등 위로 엉겨붙는 것이 도리어 정겹게 느껴졌다. 들꽃 향기 품은 내 고향 친구들과 손잡고 걸으니 지금까지 별고 없이 살아온 것에 대해 감사함을 느꼈다. 고향은 변했어도 고향의 품은 나를 기다리고 있었다는 생각에 가슴이 따뜻했다.

친구 숙이가 내 손에 도토리 열 알을 쥐어주면서 곱게 웃었다. 나

●

는 그 도토리를 받아 핸드백에 넣었다. 거친 세월 파도타기 식으로 정신없이 살다보니 고향에 오는 길이 늦었다는 사실이 부끄러웠다.

여기저기서 옛 추억이 새록새록 그리움이 넘쳐흘러 고향 오는 일이 즐겁지만은 않다. 마음이 아려오면서 지나간 세월의 허무함에 괜스레 슬퍼진다. 그나마 친구들이 있어 고맙다. 언젠가는 떠나가야 할 길을 머릿속에 그려보기에 만나면 더 애틋한 정이 느껴지고 서로 애처로운 눈길을 주고받는가보다. 고향의 흙냄새를 맡는다.

고향을 다녀오니 그동안 잊고 살아온 일들이 되살아났다. 그날 이후 어릴 적 꿈을 자주 꾸게 되었다. 특히 친정어머니가 생시의 모습으로 나타나 반가웠다. 꿈을 깨고 나면 허전해도, 잠시나마 어머니를 뵐 수 있음에 좋았다.

오늘같이 비가 내리는 밤이면 고향 생각에 그곳으로 달려간다. 황혼 무렵의 나는 고향이 있고 옛 친구가 있어서 행복하다.

숙이가 준 도토리가 화장대 위에 놓여 있다. 며칠을 지나면서 도토리 껍질이 예쁘게 벌어졌다. 사랑하는 나의 친구들, 그리운 내 고향. 벌써 친구들이 그립다.

농협, 나의 안식처

나는 결혼하자마자 친정살이를 했다. 남편이 직장생활에 적응하지 못하고 술로 세월을 보냈기에 두 살 터울인 큰아들과 작은아들을 친정어머께 맡기고 직장 일에 매달렸다. 처음에는 여학교 은사인 권 선생님께서 공화당 경북도지회에 관계할 때 나를 왜관 공화당 사무실 간사로 취직시켜줘서 얼마 동안 그곳으로 출근했다.

큰아들이 8살, 작은아들이 6살 되던 해에 칠곡으로 우리 가족은 분가해 나왔다. 그리고 얼마 되지 않아 서른 살이 된 나는 칠곡농협에 공채로 입사했다. 확실하지는 않지만 외삼촌 장태완 장군이 힘을 쓴 것도 같다. 말이 공채지 알 만한 사람은 뒤에서 군소리하던 시대였다. 일반은행에서는 결혼한 여성을 직원으로 채용하지 않았고, 농협은 반관반민이라서 유연한 부분도 없잖아 있었다. 당시만 해도 모든 농협 업무가 수기였다. 인문계 출신인 나는 주판 실력이 미숙하여 밤낮으로 이를 악물고 연습했다. 그 결과 몇 달 되지 않아

●

덧셈 뺄셈은 계산기 두드리는 것보다 더 빨랐다. 부기도 모르는 상태라 대변 차변 쓰는 법을 익히는 데도 오래 걸렸다. 그러나 친정에 손벌리지 않고 사는 길은 이 길뿐이어서 최선을 다했다.

내가 맡은 첫 업무는 농협에서 취급하고 있는 학생저금 담당이었다. 초등학교와 중학교에 일주일에 한번씩 직접 방문하여 저금을 받아오는 방식이었다. 초등학교에 가면 담당 선생님이 내가 아들 학부형인 줄 알고 친절히 대해주었다.

큰아들이 초등학교 3학년, 작은아들이 1학년 때였다. 내가 학교 정문을 지나 운동장에 나타나면 작은아들은 쉬는 시간에 놀다가도 귀신같이 알고 나타나 "엄마" 하고 부르며 달려와서는 와락 안겼다. 그러나 큰아들은 나와 눈이 마주치기라도 하면 눈 깜짝할 사이 교실로 도망가버렸다. 정말 두 아들 성격은 판이하게 달랐다. 아직은 저학년이라 집에서 기다려주고 밥도 챙겨주고 보살펴야 하는데도 그렇게 하지를 못했다. 늦게 퇴근하는 날에는 항상 신경이 쓰이고 마음이 바빴다.

요즘에는 먹거리도 다양하고 아이들도 배달음식을 자유롭게 시켜 먹을 수 있지만, 그때는 간식도 풍족하지 못했고 배달문화가 없었다. 칠곡이 대구시로 편입되기 전이어서 대구 근처 시골인 탓도 컸다. 그렇게 몇 년이 지나고 아이들도 어느 정도 자라 우리 집 일상생활도 안정되어갔다.

농협 업무는 점점 더 많아졌다. 내가 해야 할 일도 늘어났다. 요즘 농협에서 열고 있는 하나로마트가 초창기에는 농협연쇄점으로 작게 운영되었다. 하나로마트의 원조격이다. 칠곡농협에서도 상부의 지시에 따라 연쇄점을 신설했다. 생활물자계라 하여 그 업무 하나를 더 맡게 되어 판매원 한 명을 두고 내가 운영했다. 마트에서 판매하는 생활물자는 대구에 있는 농협도지회 하치장에 가서 주문해왔다. 웬만큼 자체적으로 할 수 있는 일이었지만 중앙회에서 감사 나올 때마다 준비하는 재고조사는 힘에 부쳤다.

학생저금도 담당하면서 생활물자 업무를 함께 하다보니 야근이 불가피했다. 작은아들은 내가 야근하는 날이면 농협 숙직실에 와서 숙제를 하고 졸리면 자다가 같이 퇴근했다. 직원들과 친하게 지내기도 하여 출납 여직원은 10원짜리 동전 모아둔 것을 아들 손에 쥐어주기도 했다. 큰아들은 학교에서 그랬던 것처럼 농협 근처에는 얼씬도 하지 않았다. 동생한테도 못 가게 했지만 작은아들은 형과 달랐다.

도시 근교인 칠곡은 비닐하우스에서 채소를 재배했다. 농협에서 취급하는 생활물자로 하우스에 골재로 쓰는 쇠파이프를 조합원들에게 공급했다. 각 동네마다 영농회장을 통해 파이프 신청을 받아 하우스 농가에 분배해주는 일을 함께 했다. 쇠파이프 무게가 상당해서 한번 들어올 때는 엄청난 무게의 트럭에 싣고 왔다.

파이프를 싣고 동네마다 배달을 마치고 나면 밤 10시도 훨씬 넘어서 퇴근했다. 한번은 트럭기사가 여직원이 이런 일 하는 건 처음

본다며 나를 측은하게 바라보았다. 그래도 나는 못하겠다는 소리 한번 하지 않고 열심히 맡은 일을 다 해냈다. 젊은 혈기도 있었지만, 동네마다 친절하게 반겨주는 조합원들의 푸근한 인심 덕에 가능했다.

하루는 농협 앞을 지나가는 남편을 조합장이 붙잡고 한마디 하더란다.

"요사이 손 부장이 직원 서너 명 할 일을 혼자서 하고 있으니 잘 위해주시오."

그 말을 전해 들으면서 그간의 쌓인 피로가 풀리는 듯했다. 남편도 내가 직장에서 인정받고 있어 든든하다고 했다. 그 무렵 직원평가에서 우수한 점수를 얻어 입사한 지 8년 만에 서기에서 부장으로 빠른 진급을 했다. 남자직원들을 제치고 하기 어려운 일을 해내서였다. 서울중앙회에 올라가서 장관 표창장도 받았다. 또한 중앙회에서 우수직원 해외연수를 보내는데 내가 대구시 농협 대표로 선발되어 각 시도별 대표 10명과 함께 9박 10일 일본 연수를 다녀왔다. 처음 가보는 해외여행이었다. 아들과 남편은 친정어머니한테 부탁하고 내 업무는 다른 직원에게 맡기려니 미안했지만, 전 직원이 이구동성으로 잘 다녀오라고 응원해줘 마지못해 짐을 꾸렸다. 출장비도 상상 외로 많이 나왔다. 모든 직원이 여비를 각자 성의껏 보태주었다. 직원들이 남편보다도 더 나를 챙겨주고 기뻐했다. 생각도 못한 일이어서 어리둥절했다. 덕분에 일본 오사카와 도쿄 등 여러 곳을 관광하고 일본의 농촌과 농협도 둘러볼 수 있었다.

나의 농협생활은 다른 은행원들과 달리, 여러 분야를 섭렵했다고 볼 수 있다. 그 덕분에 많은 것을 배울 수 있었다. 중앙회에서 부녀회를 결성하여 농협기간조직을 만들라는 공문이 내려왔을 때, 그 일을 아무렇지 않게 해냈다. 어떤 일이든 할 수 있다는 자신감이 있었다. 윗선에서도 직원들도 내가 적격이라고 했다. 23개 동 부녀회를 조직하기 위하여 주로 밤 시간을 이용해 각 동네를 찾아가 좌담회를 가졌다. 마침 동사무소에서 가족계획요원들이 부녀회를 운영하였다. 나는 그들과 친분을 쌓으며 회의도 개최하고 더불어 협조도 받았다.

2년이 지난 뒤에는 완전한 농협부녀회를 만들 수 있었다. 부녀회장을 선출하여 예금홍보, 공제 등 여러 가지 일들을 공유하고 그들에게 도움받으며 활발하게 활동했다. 그들은 그동안 쌓인 신뢰감으로 내가 하는 농협 일에 발 벗고 나서서 친형제처럼 도와주었다.

회의는 매월 개최했는데, 그때마다 모두 참석하여 높은 성과를 올렸다. 업무를 떠나 사람과 사람과의 관계에서 맛볼 수 있는 즐거운 시간을 가졌다.

내가 직장을 그만두기 3년 전에는 주부대학을 신설하여 운영했다. 160명을 모집하여 3개월 동안 일주일에 두 번씩 운영하는 강의 프로그램을 짰다. 여러 대학 교수들과 의사, 사회 저명인사들을 초빙하여 지역주민들에게 좋은 반응을 얻었다. 예금 실적도 올라가고 부녀자들도 농협 출입을 자기 집 드나들 듯했다. 주부대학 졸업할 무렵에는 졸업여행도 떠났다. 레크레이션하며 그들과 한마음으로 보냈던 시간들이 꿈처럼 떠오른다. 정말로 화려했던 나의 전성기였다.

첫 주부대학 1기 모집에는 칠곡을 대표하는 부녀회장과 나이든 어른들로 1백 명이 금방 마감되었다. 이어진 2기 모집도 새롭게 1백 명을 모집했고 어렵지 않게 마감일 전에 인원이 채워졌다. 3기는 완전히 젊은 주부들로 그동안과 달리 끼와 재능이 넘쳐났다. 역시 1백 명으로 마감일 전에 모집이 끝났다. 그야말로 경이롭다고 밖에는 다른 표현이 생각나지 않았다. 주부대학 1기와 2기를 마치고 3기가 끝나갈 무렵, 나는 15년 동안 근무했던 농협을 퇴직하였다.

새롭게 사업을 시작하는 남편 따라 서울로 올라올 때, 직원들 모두 내가 농협을 떠나는 것을 섭섭해했다. 가지 말라고, 붙잡는 직원들이 고마웠다. 그대로 정년퇴직할 때까지 있으면 좋았을 걸 하는 후회를 나도 가끔씩 했다. 주부대학시절 촬영한 비디오테이프를 아들이 CD로 다시 만들어놓았다. 그것을 요사이 종종 돌려본다. 나의 30대와 40대 중반은 농협인으로 발바닥에 땀나도록 살았다.

서울 온 지 28년 만에 칠곡 부녀회장들 성화에 못이겨서 모임에 참석했다. 아들 차를 타고 그곳으로 내려가면서 기분이 이상했다. 부녀회장 20여 명이 기다리는 식당에 들어갔을 때, 모두들 나를 붙

●

들고 눈물을 흘렸다. 대성통곡하는 이도 있었다. 나중에는 울고 웃고 난리도 아니었다. 그 광경을 본 아들이 "어머니가 정말 인심을 많이 얻었는가 봐요" 하면서 덩달아 눈물을 닦았다.

모든 이들이 나이가 들어 예전과는 모습이 많이 달랐다. 나도 등이 굽고 무릎관절 수술로 걸음이 불편한데, 그들이라고 무엇이 다르겠는가. 겉모습은 변해도 마음만은 여전한 것이, 다시 그때로 돌아간 기분이었다. 그새 일곱 명은 저세상으로 가고 없었다. 농협 트럭을 운전했던 이 기사도 당뇨합병증으로 저세상 사람이 되었다. 항상 기운차게 너털웃음 지으면서 연쇄점 물품을 나르던 그가 생각났다. 푸릇한 여학생 티를 벗지 못했던 직원들도 결혼하여 중년의 듬직한 일꾼이 되었다. 진득하게 그 자리를 지키며 맡은 바 소임을 다한 그들이 자랑스러웠다. 그 당시 예금계 김 양은 꽃다발을 준비해 와 나에게 안겨주었다. 나도 며느리가 정성껏 포장해준 머플러를 그들에게 하나씩 선물했다. 지금은 조합장이 된 당시 대부계 정 주임이 다가와서 여러 가지 현재 농협 상황을 소상히 들려주었다.

내가 재직할 때 태전동지점 하나밖에 없었는데 이제는 지점이 10개도 넘게 만들어졌다고 한다. 그때는 대구시로 편입되고 나서도 한동안 칠곡이 크게 발전하지 못했다. 지금 와보니 천지가 개벽한 것처럼 다른 곳이 되어버렸다. 고층 아파트가 수도 없이 들어섰고 사방으로 논과 밭이었던 곳이 모두 번화가로 바뀌었다. 그만큼 세월이 흘러간 것이지만, 나는 왠지 꿈처럼 느껴졌다. 2박 3일 동안

●

157

90이 다 된 총회장 집에서 여러 지인들과 극진한 대접 받으면서 즐거운 시간을 보냈다.

해마다 만나자는 약속을 하고 왔는데 그 이듬해 코로나가 발생하여 가지 못했다. 이제나저제나 했는데, 코로나가 그만해졌는데도 다시 보자는 연락은 없다. 불이 붙었을 때 이어서 만나야 했는데 하는 아쉬움이 남는다. 그렇더라도 28년 만의 만남은 나로선 기적과도 같다.

나의 안식처였던, 잊지 못할 대구 칠곡농협. 그 시절이 몹시 그리워진다. 고개 들어 하늘 보니 조금 전까지 머리 위에 한가롭게 흘러가던 뭉게구름이 어디로 갔는지 보이지 않는다. 농협에서 열정을 태우며 누렸던 나의 전성시대는 저 구름같이 떠나가버렸다. 그 옛날 추억들만이 하얀 바람 되어 허공 위로 날아든다.

●

연옥 여행을 마치고

고요한 정적을 가르는 앰뷸런스 사이렌 소리가 다급하다. 무슨 일일까? 밖을 내다보며 알 수 없는 누군가의 안녕을 기도한다. 문득 35년 전 여름 일이 떠올랐다.

대구 칠곡농협에 근무하던 때였다. 농협중앙회에서 각 시도별로 직원 10명을 선발해 8박 9일 일본 연수를 보내주었다. 나도 대구시 농협 직원 대표로 뽑혔다. 동료 직원들의 부러움과 따듯한 전송을 받으며 김포공항을 출발하여 나리타공항에 도착했다. 처음 나간 외국인데도 같은 동양인이라 그런지 사람들 얼굴이 비슷비슷해서 낯설지 않았다.

힐튼호텔에 여장을 풀고 그 이튿날부터 도쿄 시내에 있는 우리나라 농협중앙회격인 본부를 방문했다. 농촌지도를 하는 기관 조직이 아주 잘 되어 있다는 느낌을 받았다. 우리 농촌도 지금은 과학적인 영농을 하고 있지만 당시는 그 환경이 열악했다. 우리가 방문한 일

●

본의 농가에는 당시에도 농기계를 비롯하여 농사에 필요한 시설들이 잘 갖추어져 있었다. 특히 부녀회 조직을 결성하여 농번기 때 공동취사와 탁아소를 운영했는데 합리적이란 생각과 함께 무척 부러웠다. 그 나라 농촌의 실상을 돌아보고 난 후 남은 일정은 관광이 잡혀 있었다.

그때의 기행문이라든가 일지가 남아 있지 않아 상세하게 이야기할 수는 없지만, 황궁의 잘 다듬어진 넓은 잔디밭, 그곳 정원의 예쁜 꽃들, 오사카성, 이층버스와 신칸센 열차를 탔던 일, 깔끔한 맛의 도시락, 특히 교토의 나라공원에서 자유롭게 돌아다니던 맑은 눈동자를 가진 꽃사슴을 잊을 수 없다.

벳부 아소산은 화산재가 쌓여 진회색 흙과 바위들이 우리가 걸어가는 길마다 깔려 있었다. 사방을 둘러봐도 하늘과 땅, 주위의 모든 것들이 회색빛으로 뒤덮여 있었다. 내가 입고 있는 청색 티셔츠와 베이지색 반바지도 온통 잿빛으로 물들어 보였다. 역한 유황 내음을 뿜어내는 갈라진 바위틈 사이로 잿빛 물이 줄줄 흘러내렸다. 온몸이 섬뜩해지면서 괜히 올라왔다는 생각이 들었다. 이왕 온 길, 나만 되돌아갈 수도 없었다. 길을 따라 올라가서 사방을 둘러보았다. 생을 마감한 영혼들이 보속補贖을 받고 간다는 연옥에 온 듯 무서웠다. 산꼭대기의 진회색 유황물이 부글부글 끓는 조그만 웅덩이는 유황온천의 시발지始發地 같았다.

달걀을 쇠로 엮은 바구니에 담아 그곳에 넣으면 금방 익었다. 그렇게 해서 유황달걀을 파는 가게들이 많았다. 자원을 이용한 상술이 놀라웠다. 유황달걀이 몸에 좋다며 동료들이 권하는 바람에 나도 마지못해 두 개나 먹고 내려왔다.

그곳에서 멀지 않은 바다는 지도에서만 봤던 태평양이었다. 해적선처럼 요란하고 아기자기하게 꾸며놓은 유람선을 타고 그 바다 위를 나아갔다. 유람선 갑판에서 짙푸른 바다의 잔잔한 물결을 바라보니 만감이 교차되었다. 그런데 갑자기 배가 아프고 토사가 일어났다. 처음에는 유황달걀 먹은 것이 잘못되었나 싶었는데, 배 아픈 것이 출산할 때의 산고는 저리 가라 할 정도로 심했다. 맹장염이 아닌가 싶은 생각이 들면서 그 아픈 순간에도 '급성맹장염이면 어쩌나. 그렇다면 수술을 받아야 할 텐데' 하는 생각과 함께 일정도 마치기 전 나 혼자 귀국할 일이 고민이었다.

그런데 배 아픈 것이 신기하리만치 어느 만큼에서 가라앉았다. 다만 간격을 두고 매우 아프다가 감쪽같이 괜찮다가를 반복했다. 고통이 밀려오면 일행한테 폐가 될까봐 화장실에 가서 이를 악물고 견뎠다. 배를 움켜쥐고 엎드려 있다가 울다가를 반복하는 중에 다행히도 유람이 끝났다.

동료들은 땀으로 범벅된 내 얼굴을 보며 어딘가로 전화를 걸었다. 곧 요란스럽게 사이렌 소리를 울리며 일본 구급차가 달려왔다. 나는 동료들의 부축을 받으며 차에 올라 병원으로 갔다. 그 와중에도 그들이 신속하고 친절하게 환자를 돌보는 걸 보고 역시 선진국

답다는 생각을 하며 감탄했다.

병원에서 엑스레이를 찍었는데 요로결석이었다. 처방해준 약을 먹고 의사의 지시대로 계속해서 물을 마셨다. 하루가 지나서 결석이 빠져나왔다. 모처럼, 그것도 해외연수에서 요로결석이라니, 내가 생각해도 어처구니없는 일이었다. 이로 인해 농협에서는 직원 해외연수 시 보험가입을 권했다. 아이러니하게도 내가 그 선구자 역할을 한 셈이다.

뜻하지 않은 병치레로 모처럼의 일본여행을 요란스럽게 마쳤다. 살아생전 연옥의 공포와 아픔을 겪었다. 오랜 시간이 지났지만 지금도 눈 감으면 골고다 언덕을 십자가 메고 올라가는 성자의 모습과 함께 그때 일이 다가온다.

여름밤, 후텁지근한 공기를 타고 하현달이 나의 지난 이야기를 경청하고 있다. 달그림자 밟으며 추억의 길로 다시 떠나간다.

●

Part V

들국화 그림자

시간을 담은 노트

　오래된 노트를 펼친다. 낡은 종이 사이로 진한 잉크 냄새가 난다. 한 줄 시詩로 시작된 나의 노트는, 언제부턴가 지나온 이야기들로 채워졌다. 나는 이 노트에 시를 쓰기 시작했고 시를 쓰면서 문학의 향기를 맡을 수 있었다. 그동안 어떻게 참고 견뎌왔을까 싶을 만큼, 시는 나에게 많은 것을 건네주었다.

　수필을 쓰기 시작하면서 나의 보폭은 달라졌다. 시를 쓸 때 긴장된 걸음 대신 여유롭고 느슨한 움직임이 익숙해졌다. 수필 속 나는 조금 더 세세하고, 조금 더 친절하게 나의 시간을 더듬었다. 마치 조용한 산책처럼. 바쁘게만 살아왔던 나에게 수필을 쓰는 시간은 오랜만에 주어진 안식과도 같았다.

　가슴 깊이 묻어두었던 이야기들이 노트 위에 한 땀씩 수놓아졌다. 말로 다 풀지 못했던 응어리들이 서서히 풀리면서 다채로운 색으로 물들어갔다. 때로는 스스로를 다독이며, 때론 살며시 부추기며 걸어

●

온 시간이다. 한 편 한 편 정리하고 매만지다보니 마음이 먼저 숙연해졌다. 특별할 것 없다고 여겼던 나의 시간이 사실은 애틋하고 소중했다. 별 탈 없이 견뎌온 나의 여정이 새삼 귀하게 느껴졌다.

나는 태어나면서 한번도 허투루 살지 않았다. 매사에 최선을 다했고, 그래야만 삶이 유지된다고 믿었다. 눈물겹도록 외로웠던 순간에도 주저앉지 않았다. 마음이 흐트러질까, 스스로 부단히 다잡았다. 정신을 맑게 하기 위해 창문을 열었고 소중한 울타리를 지키기 위해 밤잠을 양보하던 시절도 있었다.

그 시절, 나의 희망은 사랑하는 두 아들이었다. 남편에 대한 기대도, 나 자신을 위한 부귀도 아니었다. 아이들의 건강과 안녕이 내 삶의 전부였다. 여느 엄마처럼 내 아이들을 위해서라면 무엇이든 할 수 있었다. 그런 책임감으로 살아야 한다고 믿었다. 앞만 보고 달려온 보람을 두 아들의 성장이 증명해주었다. 한창 나의 손길이 필요하던 시기에 알아서 자라준 나의 두 아들. '두 아들 이야기'는 나의 노트에서 때로는 한 줄로, 때로는 두세 장으로 빼곡하게 채워졌다. 일일이 손으로 짚으며 그날을 소환하는 시간은 더없이 행복했다. 나의 노트는 친절하게도 많은 기억을 고스란히 품고 있었다.

나는 총량의 법칙을 믿는다. 그래서 매사 최선을 다하였다. 한번쯤 행운이 찾아온다면, 그것은 준비된 자에게 먼저 다가올 것이기에 온전히 믿기로 했다. 이왕이면 꽉 찬 마음으로 그 순간을 맞이하

●

고 싶었다. 나중을 바라기보다는 지금이 바로 그때라 여기며 두 손 모아 기다렸다. 절반의 성공이 누구에게는 완성이었으니, 이것 또한 총량의 법칙일 테다.

나는 먼 길을 걸어왔다. 힘든 날보다 웃은 날이 더 많았음을 감사하게 생각한다. 주변에 좋은 친구들이 있어 또한 감사하다. 내가 견뎌온 이유가 그것이어서 보람차다. 노트를 넘기며 나를 본다. 잘 살아왔다고 다독인다.

이제는 꿈꿨던 노트에 언제든, 무엇이든, 쓸 수 있다는 것이 고맙다. 컴퓨터 자판이 아닌, 손으로 직접 써 내려가는 아날로그 식 습작이 정겹다. 삐뚤빼뚤하고 힘이 빠진 펜글씨가 진지하게 다가온다. 저마다 다듬어지지 않아도, 어차피 살아가는 일상이란 원래 고르고 반듯할 수 없는 것이니, 나는 다 그러려니 한다.

어느새 나를 닮은 노트가 제법 두꺼워졌다. 묵직한 두께만큼 마음이 든든하다. 나의 시간을 온전히 담아낸 나의 노트. 내 행복의 정의에서 이 노트를 빼놓을 수 없다.

●

웨딩드레스를 입고 싶었지만

지난해 봄에 결혼한 큰손녀가 신부대기실에서 찍은 가족사진을 액자에 넣어서 보내왔다. 거실에 걸어놓으니 사진 속 손녀도 가족들도 빛이 났다. 하얀 웨딩드레스를 입고 있는 손녀가 선녀같이 예쁘고 고왔다.

신부인 손녀를 중앙으로 양 옆에 며느리와 내가 앉아 있고 아들과 작은손녀가 오른쪽에, 그리고 손주사위와 손자가 왼쪽에 서 있다. 내 식구라 그런지 모두들 인상이 좋아보인다. 한 폭의 그림 속에서 나는 모나리자와 같은 미소를 띠고 행복한 모습이다.

사진을 보고 있으려니 웨딩마치와 함께 손녀의 결혼식 장면이 떠올랐다. 큰아들은 딸을 데리고 들어가면서 연신 눈물을 쏟았다. 평소에 자식 사랑이 넘치긴 했어도 그렇게 우는 것을 보니 우습기도 하고 애처롭기도 하였다. 집에서 출발할 때는 내가 많이 울 것 같았는데 정작 결혼식이 시작되니 손녀가 예쁘고 행복하게 보여 눈물이

●

나오다가 쏙 들어가버렸다. 대신에 할머니인 내가 애지중지 키웠던 손녀의 어릴 적 장면이 하나씩 둘씩 떠올랐다.

조그만 손녀의 앙증맞은 손을 잡고 동네 한 바퀴 돌아다닐 때의 일은 엊그제처럼 생생했다. 살이 포동포동했던 손녀는 엉덩이가 무거워서 놀이터 미끄럼틀 올라갈 때마다 낑낑거렸다. 다섯 살쯤에는 어린 것이 꾸미는 것을 좋아하여 내가 미용실에 파마하러가면 따라와서는 그곳에 있는 립스틱, 매니큐어 등을 그냥 가져다가 바르고 하여 미용실 원장이 나중에 크면 화장술 귀재가 될 것이라며 귀여워해줬다. 그 말이 맞는지 스무 살이 되니까 화장도 자연스럽게 잘 하고 옷 입는 것에서부터 몸치장하는 것까지 다른 또래 아이들보다 세련되었다.

재롱부리던 어린 것이 어느새 다 자라서 결혼한다고 생각하니 대견스럽고 기특한 생각이 들면서 가슴 한쪽이 뻐근해져왔다. 어른이 된다는 것은 여직 해보지 못한 무언가를 책임진다는 것인데, 저 아이가 감당할 수 있는 만큼만 주어지기를 바란다고, 나도 모르게 기도했다. 그러다가 엉뚱하게도 웨딩드레스 입은 손녀가 갑자기 부러워졌다. 판타지 영화도 아니고, 57년 전 나의 결혼식 장면이 손녀 결혼식과 자꾸 겹쳐지면서 급기야 그날의 내 모습이 선명하게 나타났다.

혼전 임신을 한 나는 만삭이 되어 집에서 전통혼례를 올렸다. 온 동네 사람들이 쳐다보는 데서 수줍게 결혼식을 올린 나는 얼마 후

떡두꺼비 같은 첫아들을 낳았다. 그래서 지금까지도 웨딩드레스를 입어보지 못한 게 한이 된다. 요사이는 구식 혼례식이 멋있다는 사람도 있지만 나는 배가 불러 어쩔 수 없이 그렇게 했다. 빨강치마에 초록저고리 입고 양쪽 볼에 연지와 곤지를 찍고는 머리에 족두리 쓰고 찍은 사진을 보면 영 어색하고 부끄럽기까지 하다.

텔레비전을 보면 간혹 황혼의 나이에 할머니와 할아버지가 리마인드 결혼식을 올리기도 하던데, 그땐 남편 몸이 성치 못해서 해볼 엄두도 내지 못했다. 몸이 좋아지면 날 잡아 사진관에 한번 가볼까 속생각을 하긴 했지만 그 일은 끝내 이루어지지 못했다. 손녀 결혼식 사진을 보면서 아직도 웨딩드레스에 대한 미련이 남아 있다는 걸 알았다. 이내 주책이란 생각이 들면서 나 혼자 웃어넘겼다.

어느 날 가족이 다 같이 모여 식사하는 자리에서 작은손녀가 할머니는 앞으로 가장 하고 싶은 일이 무엇이냐고 물었다. 나는 웨딩드레스 입고 멋진 결혼식 한번 해보는 거라고 말했다. 그때 모두들 눈을 둥그렇게 뜨면서 나를 바라봤다. 자기들이 예상했던, 즉 유명한 시인이거나 수필가가 되겠다고 할 줄 알았던가보다. 완전히 예상 밖의 대답을 듣고 놀랍기도 하고 한편 이해가 되기도 했는지 한동안 잠자코 있다가 모두들 박장대소했다.

한쪽에서 말없이 듣고만 있던 큰아들이 심각한 목소리로 미안하다고 말해 또 한바탕 웃음바다가 되었다. 큰아들은 내가 어려서 자신을 임신한 것을 내내 미안해한다. 아들이 잘못한 것도 아니고 내

●

가 잘못한 것도 아닌데 왜 그러는지 모르겠다. 여러 번 설명을 해줘도 아들은 한결같이 미안하다고 한다. 내 꿈이 무너진 것도 그렇고 또 다른 아쉬운 부분이 생각날 때마다 그런 말을 한다. 그 말을 들은 며느리가 지금이라도 사진관에 가서 예쁜 웨딩드레스 입고 혼자라도 사진 한번 찍자고 하였다. 그러나 마음뿐이지 주름진 얼굴에 그렇게 입으면 우스꽝스럽고 슬플 것 같았다. 나는 "야! 그런 말 하지 마라. 그저 농담이다" 하고 말았다.

창밖을 보니 흰 눈발이 땅 위로 내려오는 듯 하늘로 올라가는 듯 이리저리 뒤엉켜 흩날렸다. 마음이 고요해지면서 인생은 이렇게 저 눈발같이 흩날리며 이리로 저리로 흩날리는구나, 하는 생각이 들었다.

고개를 들어 거실 벽에 걸린 손녀 결혼식 사진을 쳐다보았다. 못 다 이룬 내 소원을 저 아이가 이뤄줬구나 싶은 생각이 들었다. 비로소 훈훈한 기운이 나를 감싸주었다. 이런 게 행복이구나 하는 생각도 절로 들었다.

●

사진

　요사이 나는 옛날 사진첩을 자주 들여다본다. 지금은 핸드폰에 사진이 저장되어 있어 보는 재미가 덜하지만, 옛날 앨범 속 사진들을 보노라면 지난 세월을 마주한 듯 추억에 잠기곤 한다. 장난기 가득한 표정이 우습기도 하고 한껏 멋부린 모습은 어설프기도 하면서 그때는 이랬구나 싶은 것이 정겨움마저 느껴진다.

　내가 어릴 때는 사진기가 흔하지 않아 사진이 많지 않지만 그래도 몇 장 안 되는 사진을 보면, 하나같이 정겹다. 표정도 자세도 옷 입은 차림새까지 무엇 하나 제대로 된 것이 없다. 긴 머리를 리본으로 묶고 한복을 입은 나는 천진하면서 귀엽기만 하다. 그중 재미있는 사진은 나의 결혼식 사진이다. 혼전 임신을 한 나는 만삭에 전통 혼례를 치렀다. 꿈에 그리던 하얀 웨딩드레스를 입지 못하고 집에서 원삼족두리에 연지곤지 찍고 어정쩡하게 서서 찍은 결혼식 사진이 지금 봐도 어색해보이고 촌스러워서 얼른 넘겨버린다.

●

그때 창피해서 여고 친구들에게 알리지도 않았는데 어떻게 알고 찾아왔는지 여러 명이 참석해 사진을 같이 찍었다. 친구들은 내가 멋쩍어하니까 저희도 전통혼례 한번 생각해봐야겠다며 내가 쓴 족두리도 만져보고 연지곤지를 건드려 장난을 쳐서 그제야 긴장이 풀렸다.

지난 세월이 담긴 앨범 한 장을 또 넘겨본다. 달성공원에서 아들 둘 데리고 찍은 사진이다. 어린이날이 되면 우리 가족은 항상 달성공원에 갔다. 그때는 그곳밖에 갈 줄 몰랐다. 물론 다른 좋은 곳도 있었겠지만 나는 그곳이 편해서 계속 갔는지도 모르겠다. 사진 속 조그만 머슴애들이 이제는 중년이 되어 아들딸 둔 아버지가 되었으니 내가 아직도 살아 있다는 게 놀랍다. 큰아들의 첫째 딸인 나의 손녀가 벌써 결혼까지 했으니 말이다.

내 자식을 키운 것은 기억도 안 나는데 손주들 키운 게 내겐 큰 보람이고 육아의 즐거움을 알게 해준 시간이었다. 여기서 또 사진 이야기를 하지 않을 수 없다. 내 방에 손주 셋을 데리고 찍은 사진을 작은 액자에 담아 걸어놓았다. 큰손녀 채은이 12살 때이고 작은 손녀 채림이 9살 때이며 손자 정빈은 5살 때 사진이다. 그 사진을 보면 너무나 귀여워서 미소가 지어진다. 채은은 자기 모습이 너무 통통해서 보기 싫다고 사진을 볼 때마다 인상을 쓴다. 내가 귀엽다고 해도 아니란다. 채림과 정빈이 제 동생들은 예쁜데 자기만 그렇다고 야단이다. 그도 그럴 것이 지금은 관리를 하고 잘 꾸미며 모델같이 늘씬한 20대지만 나는 채은의 아기 때가 더 귀엽고 보기가 좋다.

나 역시 젊었을 적에는 날씬했는데 그때 사진을 찍어놓은 것이 별로 없어 아쉽기만 하다. 앨범을 뒤적이다보니 나 혼자 찍은 30대 사진 한 장이 보여서 액자에도 넣지 않고 방 벽에다 테이프로 붙여서 놓았다. 오며 가며 젊은 시절의 모습을 보고 그래도 그때는 괜찮았구나 하며 위로를 삼으려고 그렇게 붙여놓은 것이다.

하루는 이웃 아주머니가 놀러와서 벽에 붙은 사진을 보며 누구냐고 물었다. 어느 정도 빛바랜 흑백 사진이기는 해도 내 모습이 남아 있건만, 알아보지도 못하고 묻는 게 섭섭했다. 대답을 하지 말까 하다가 "나예요" 하고 말했다. 그랬더니 나를 아래위로 쳐다보면서 "세월은 어쩔 수 없는 모양이네요"라고 믿을 수 없다는 듯 말했다.

텔레비전에 나오는 연예인들을 보더라도 옛날 모습이 보이지 않는 걸 보면 세월의 무상함을 느끼기도 하니 나인들 별 수 있을까. 요사이 내 아는 분 중에는 사진 찍는 것을 싫어하는 사람이 많다. 모두가 주름진 얼굴을 내밀고 싶지 않은 때문일 거다. 나 또한 사진을 찍으려면 용기가 필요하다. 그래도 기념될 만한 일이 있을 때는 되도록 카메라에서 멀리 떨어져서 찍기를 원한다. 하지만 세월의 여러 흔적을 남겨주는 것은 역시 사진뿐이다.

흘러가는 세월 잡지는 못해도 그 세월 묶어놓을 수 있는 것이 그래도 사진이고 보니 고맙기도 하다. 얼마 전 시집을 출판할 때 내 프로필 사진을 손녀가 포토샵이라는 기술을 동원하여 몰라보게 젊은 모습으로 둔갑시켜주었다. 성형수술로 예쁘게 변모시키지는 않았지만 사진으로나마 젊게 할 수 있다니 신기하고 기분이 좋았다.

눈에 보이지도 않고 들리지도 않는 세월의 발걸음을 카메라는 사진을 통하여 우리에게 보여준다. 카메라와 사진이 옛 친구같이 따뜻하게 느껴진다.

●

들국화 그림자

요양병원은 이름 그대로 요양과 치료를 할 수 있도록 시설을 갖춘 병원이다. 거의는 노인환자들이 이용하고 있어, 막상 병실 문을 열고 들어가면 허허벌판 한가운데 쓸쓸히 서 있는 기분이 든다.

며칠 전 친하게 지내던 지인의 병문안 차 요양병원에 다녀왔다. 평소 활발했던 그가 몇 년 전에 갑자기 뇌졸중으로 쓰러져 한쪽 팔다리를 못 쓰게 되었다. 얼마 전까지 일반 병원에서 통원치료를 했는데, 더 심해져 결국 요양병원으로 옮겼다. 자식들 수고를 덜어주려고 자진해서 갔다고는 하지만 피붙이도 없이 얼마나 외롭고 슬픈 일인가.

그는 오랜만에 만난 나를 반겨주었다. 소리 없이 웃는 그의 얼굴에선 피다가 시들어버린 늦가을 들국화 그림자가 어른거렸다. 사람들이 요양원이나 요양병원 가는 걸 마지막 가는 길의 쉼터, 혹은 현대판 고려장이라고 하던데 내가 보기에도 그래 보였다. 나도 나이

●

가 들고 건강이 좋지 않으니 남의 일 같지가 않았다. 예전 척추나 무릎관절수술 등으로 거동이 불편할 때 요양차 잠시 입원한 적이 있다. 그것은 예외지만 오랜 세월 투병해야 되는 노인환자의 경우, 앞이 보이지 않는 세월을 견뎌야 하는 곳이다.

"나쁜 년, 저리 가거라."

갑자기 호통치는 소리에 착잡한 마음을 얼른 집어삼켰다. 소리나는 쪽을 보니 건너편 침대에 할머니 한 분이 꾸부정하게 앉아서 소리를 질렀다. 치매로 입원했다는 할머니는 전에 자기에게 잘못한 사람을 두고, 눕지도 않고 앉아서만 밤낮으로 중얼거린다며 공동간병인이 말해주었다. 나하고 눈이 마주치자 그 환자가 희미하게 웃어주었다. 가까이 다가가 두유 하나를 건네주니 가로채듯이 받아들고 급하게 마시고는 다시 고래고래 소리지르다가 중얼중얼하기를 반복했다. 어둑한 그림자들만 모여 있는 병실에서 그리 떠들어대니 적막 속을 흔들어 활기를 불어넣는 것 같아 오히려 나았다.

치매할머니 옆 침대에는 파킨슨병으로 손발과 머리를 심하게 흔드는 할머니가 누워 있었다. 요즈음은 음식물 넘기기가 어려워서 미음만 먹고 있다고 했다. 다행히 병원 가까이에 두 딸이 살아서 번갈아가며 면회를 왔다. 그러나 잘 먹지를 못하니 딸들은 안타까워했다. 그 집 모녀 얘기를 듣다보니 우리 친정어머니 간병할 때 생각이 났다.

대구에서 혼자 살던 어머니가 심장관상동맥 수술을 받으러 서울에 있는 우리 집으로 올라왔다. 강북삼성병원에서 수술하고 내가 수발해드릴 수 없어서 할 수 없이 병실에 간병인을 두었다. 그때 나는 손자손녀 셋을 키우고 있을 때여서 자주는 아니어도 기회가 될 때마다 아이들을 업고 걸려서 그곳을 찾곤 했다. 그날도 갓난아기 손자 업고 네 살짜리 작은손녀를 데리고 병원을 찾았다. 마침 둘째 외숙모와 큰이모가 문병차 와 계셨다. 병실에 들어서니 큰이모가 나를 보고 깜짝 놀라며 "준식아, 너 모양새가 영락없는 6·25 피난민 같구나" 하고는 소리내 웃었다. 순간 무슨 말인가 싶으면서도 기분 나쁜 걸 애써 참으며 무안함을 감췄다. 병실에 걸린 거울 속 내 몰골을 천천히 보니 그럴 만도 하겠구나 싶어 뒤늦게 나도 따라 웃었다. 햇볕에 그을린 화장기 없는 민낯에 짧게 파마를 한 나는, 손자를 등에 업고 한 손에 손녀 손을 잡고는 다른 손에는 간병인과 어머니한테 줄 간식보따리를 들고 있었다. 꼴이 영락없는 피난민이었다. 곁에 있던 외숙모가 용기를 얻었는지 지기 싫다는 듯, 한 말씀 거들었다.

"너, 그 예뻤던 얼굴은 다 어디 두고 이렇게 되었니? 유 서방이 그 곱던 얼굴 다 망쳐놓았네."

말은 그렇게 해놓고 나에게 열 아들 부럽지 않은 효녀라며 칭찬해주었다. 아무리 친척이라지만 사람을 앞에 두고 할 말과 하지 말아야 할 말을 구분하지 않는다는 게 이상했다. 병 주고 약 주나 싶

●

어 그 말을 귓등으로 흘려버렸다. 이런저런 나의 지난 날 생각을 하는데, 물리치료사가 들어오는 바람에 정신이 번쩍 들었다.

지인이 입원한 병원에서는 일주일에 한두 번씩 아픈 곳에 물리치료를 해준다고 했다. 밖에서 보는 것보다 시설이 잘돼 있는 듯하고 환자도 편하다고는 하지만, 스스로를 위로하는 말 같아서 왠지 쓸쓸했다. 다른 면회객들이 몰려와서 우리는 병실을 나왔다.

밖으로 나왔을 때 산자락 따라 이어진 정원으로 들국화가 잔뜩 피어 있었다. 귀엽고 앙증맞고 사랑스러운 꽃이었다. 가을은 깊을 대로 깊어, 안과 밖의 공기가 이렇게 다를까 싶었다. 문득 생生과 사死도 이와 다르지 않을 것이란 생각이 들었다. 환우들이 이곳에 있는 동안 저 꽃들처럼 건강하길 바랐다.

그들을 위해 잠깐 기도하고 눈 떴을 때, 노랑나비 한 마리 춤추듯 꽃밭을 날아다녔다. 여름 지나 가을인데도 지치지 않은 날갯짓이 잠시 숙연했던 마음을 달래주었다. 집으로 돌아오는 발길이 더는 무겁지 않았다.

●

그때 그 순간

인생길을 걷노라면 여러 가지 예기치 않은 순간들을 만나게 된다. 나는 일상에서 보통 느끼는 기쁜 일, 슬픈 일, 감격스러운 일들 말고, 좋지 않은 일로 맥박이 멎을 뻔했던 순간을 두 번이나 경험했다.

9년 전 건강검진을 하면서 유방에 이상이 있다는 진단을 받았다. 유방외과에서 엑스레이와 초음파, 조직검사를 마친 후 유방암이라는 최종 판명을 들으며 모든 것이 끝났다는 생각과 함께 눈앞이 캄캄했다. 의사는 상피내암초기라며 걱정하지 말라고 했지만 그 말이 귀에 들어오지 않았다. 사스가 유행하던 때라서 그 여름에 마스크를 하고 병원을 다녔다. 수술 날짜를 잡고 기다리던 중, 그 병원이 감염병원으로 밝혀져 진료가 중지되었다. 담당의가 써준 의뢰서와 진찰기록을 가지고 다른 병원에 갔지만, 감염된 병원에 다녀온 환자는 3주 후에나 진료가 가능하다는 답을 듣고 또 그렇게 기다렸다. 그 3주가 나에겐 3년같이 길게 느껴졌다. 모든 절차를 마치고

●

수술도 잘되어 몇 년을 이상 없이 지내던 중 또 다른 불행과 맞닥뜨렸다.

재작년 봄, 나에게 급성신부전이 왔다. 몸이 이상하여 병원에 갔을 때, 신장내과의는 신장수치가 너무 낮게 떨어져서 혈액투석을 해야 한다고 했다. 의사의 설명을 듣는 순간, 정말 죽고 싶은 심정이었다. 가슴에 관을 심고 이틀에 한번꼴로 일주일에 3번씩 혈액투석을 해야 된다는 말에 말문이 막혔다. 한번 투석할 때마다 서너 시간이 걸렸다. 유방암 진단을 받았을 때 충격은 아무것도 아니었다. 암은 수술하고 경과가 좋아 어느 정도 힘은 들어도 견딜 만했는데, 혈액투석은 듣도 보도 못한 생소한 일인 데다가 피곤할 정도로 자주 받다보니 지치고 괴로웠다. 한 병실에서 혈액투석을 하는 환자들을 보면 십 년, 이십 년 또는 평생을 하는 이들도 있었다. 그들에 비하면 그나마 나는 별것도 아니었다. 투석환자들을 위해 진심을 다해 위로와 응원을 하며 쾌유 기도를 드렸다.

나의 경우 급성으로 와서 회복이 빠를 거라고 했던 의사 말대로, 나는 4개월 만에 기적적으로 투석을 끝냈다. 그러나 한번 나빠진 신장 기능은 수치가 생각만큼 올라가지 않아서 2년이 지난 지금까지도 저염식을 하면서 조심한다. 투석받을 때는 이것만 받지 않는다면 저염식 아니라 그보다 더한 오물이라도 먹을 수 있겠다 싶었는데 막상 음식을 가려서 먹어야 하고 간이 맞지 않는 식사를 하려니 처음 생각은 간 데 없고 서럽고 힘이 들었다. 모처럼 친구들과 만날 때도 음식 때문에 신경쓰인다.

요사이 길을 가다가 '인공신장' '혈액투석' 같은 글자를 보면 그때 그 순간이 떠올라 가슴이 철렁 내려앉는다. 암도 무섭고 괴롭지만 신장이 나빠서 혈액투석 받는 것이 나는 더 무섭다. 내 의지와 관계없이 삶의 질을 낮게 하고 모든 일상이 무너져 내리니 그 허무함은 어디에도 견줄 수가 없다.

사람들이 '그때 그 순간' 하면 생각나는 것이 뭐냐고 물어오면 나도 보통사람들처럼 사랑하는 사람을 처음 만났을 때나 첫아기를 출산하여 품에 안았을 때의 달콤한 순간을 말하고 싶은데, 두 번의 병마와 만난 것이 너무도 강렬하여 나도 모르게 그 순간을 떠올린다.

맛있는 음식 먹는 걸 즐겨했던 나는 어디로 가고 과일 한 조각도 생선 한 토막도 가려서 챙긴다. 구수한 된장찌개도 칼칼한 김치찌개도 그림의 떡이다. 남들과 식사를 하게 되면 나도 모르게 병명病名을 말하게 된다. 쓸데없는 오해를 줄이기 위해서이다. 점점 여럿이 모여 식사하는 자리를 피하게 되고 오랫동안 함께해야 할 자리라면 집에서 만든 반찬을 챙겨간다. 나를 신경쓰며 음식 주문을 꺼리는 이들에게 폐가 될까 걱정이 되기 때문이다. 이 일을 언제까지 해야 할지 모르지만, 힘들 뻔했던 나를 살렸으니 이런 식으로나마 생에 보답해야 한다.

유난히 비가 많은 여름이다. 창문을 활짝 열고 깊게 심호흡을 해본다. 번잡한 생각과 괴로운 그때 그 순간을 떨쳐버리려, 소낙비 줄기를 한 움큼 집어본다. 빗물은 손아귀로 잡아도 잡히지 않는다. 씻겨갈 뿐이다. 이처럼 나의 힘든 시간들도 빗물에 몽땅 씻겨 내려가기를 바란다.

●

잃어버린 음식

2년 전 급성신부전 진단을 받았다. 혈액투석을 해야 한다는 말을 듣는 순간 눈앞이 캄캄했다. 듣도 보도 못한 혈액투석이라니 이럴 바엔 차라리 죽는 게 낫겠다는 생각이 들었다.

의사는 급성으로 오는 신부전은 회복될 수 있다며 투석하다가 좋아질 수 있으니 마음을 편히 가지라고 했다. 잠시 위로가 되긴 했지만, 금방 더 큰 절망이 겹쳐왔다. 병원에서 일러준 대로 그동안의 식생활을 완전히 바꿀 자신이 없어서였다. 이래저래 마음만 복잡했다. 그렇다고 마냥 손놓고 기다릴 수도 없었다. 고민 끝에 투석하기로 결심하고 오른쪽 가슴 위에 투석관을 심었다.

3주 동안 종합병원에서 투석받은 후 퇴원했다. 이후로는 집에서 가까운 내과를 소개받아 그곳에서 투석을 계속했다. 일주일에 세 번, 그러니까 이틀에 한번은 병원에 가야 했다. 3시간 30분 동안 반듯하게 누워서 힘들고 지루한 시간을 보냈다. 육체적인 것보다 정

●

신적으로 더 피곤하여서 우울증이 올 것 같았다.

내 옆자리 남자는 60대 후반인데, 젊어서부터 몸이 안 좋아 결혼도 하지 못하고 10여 년째 투석을 한다고 했다. 그 말을 들으니 가슴이 더 답답하고 불안이 엄습해왔다. 나에게 10년의 투석은 엄청난 고문이라고 생각했다. 그러나 의사 선생님의 친절한 보살핌과 괜찮을 거라는 따뜻한 말씀에 실낱같은 희망이 생겨나기도 했다. 간호사에게도 숱한 환자들의 경험담을 들었고 나도 신부전에 대해 공부하고 질문을 하면서 한 달이 지나고 두 달이 지나 혈액검사에서 수치가 좋아지고 있다는 말을 들었다. 석 달째 돼서는 일주일에 세 번 하던 투석이 한번으로 줄었고 컨디션도 좋아져 살 것 같았다. 드디어 희망이 보였다.

불안한 마음도 어느 정도 진정되는 것 같았다. 게다가 간호사 말이 나는 소변을 볼 수 있으니 다행이고 그래서 더 괜찮다고 했다. 보통 투석환자들이 소변을 보지 못한다는 말을 들으며 가슴이 콱 메어오는 것을 느꼈다. 그들의 고통이 나한테 전이되는 듯 안타깝고 슬펐다. 우울한 마음을 억누르며 좋아지는 과정이니 긍정적으로 생각하기로 했다. 우리가 일상에서 공기가 귀한 줄 모르는 것처럼 소변이 마려우면 바로 보는 것이 예사인데, 신부전 환자에게는 너무나 어렵고 귀한 일이 아닐 수 없다. 건강한 사람들은 이해하기가 어려울 것이다. 지인이 들려줬던 "옆집 분이 투석하는데 가장 부러운 소리가 소변 누는 소리"라는 말이 무슨 뜻인지 알 것 같았다.

●

넉 달이 되자 일주일에 한번 하던 투석을 이 주일에 한번으로 줄어들었다. 4개월 만에 급진전하였다. 종합병원 신장내과에서 투석을 끝내도 좋다는 진단을 받았다. 지금까지의 고통이 눈 녹듯이 녹아내리면서 나도 모르게 안도의 한숨이 흘러나왔다. 그날 2022년 7월 1일은 내 생애 기념할 만한 날이 되었다.

그런데 그 기쁨도 잠시, 평생 저염식이 문제였다. 주위에선 그래도 소금 간을 조금이라도 해야 하지 않느냐고 말했지만 나는 신장에 해가 될까 싶어서 심하다 싶을 만큼 저염식을 지켜왔다. 사람은 먹는 재미로 산다는데 처음에는 그 낙이 없어지니 무척 괴로웠다. 투석 전에는 시키는 대로 다 할 것 같았는데 사람의 마음은 이때 다르고 저때 달랐다. 투석이 끝난 후부터는 불만이 쌓여갔다. 어떤 처방이라도 달게 받겠다고 했던 나는 어디로 가고 식사 때만 되면 우울해졌다.

먹지 말아야 할 음식은 된장, 고추장, 김장김치, 멸치볶음, 무말랭이장아찌, 미역, 조개, 콩, 늙은호박 등 셀 수 없을 만큼 많았다. 밥도 보리밥, 잡곡밥은 안 되고 흰쌀밥만 먹으라고 했다. 평소 건강식으로 챙겨먹던 것들은 먹지 못하고 반대로 멀리했던 것만 먹어야 한다니 기가 찼다. 겨울이 오면 어릴 때 고향에서 어머니가 끓여주던 텁텁하니 구수한 시래깃국 생각이 났다. 아침밥은 식구들이 따로 먹었지만, 저녁밥은 꼭 같이 하곤 했는데 내가 저염식을 하면서 그도 어렵게 되었다. 점점 외로움이 서글픔으로 밀려왔다.

●

채소, 과일에도 칼륨이 많이 들어 있는데 건강할 때는 그것이 필수 영양소지만 신장이 나쁜 사람은 칼륨 배출이 쉽지 않아 멀리해야 했다. 요리할 때도 푸른잎채소는 물에 3시간 정도 담가두었다가 사용했다. 칼륨은 물에 잘 녹는 성질이 있어서였다. 내가 좋아하는 감자, 고구마에도 칼륨이 많고 잡곡, 바나나, 토마토, 참외 같은 과일도 조심해야 해서 먹을 수 없다. 하루를 살다가 저세상 가더라도 맛난 김장김치 한 줄기 밥 위에 척 얹어서 맘껏 먹으면 원이 없겠다. 된장 시래깃국 맛나게 먹었으면 좋겠다는 생각도 하루에 수십 번씩 하지만, 엎질러진 물 같은 내 몸 상태가 현실을 비웃는다.

관리를 잘해서인지 혈액검사 결과에서 칼륨 수치가 정상보다 오히려 낮게 나왔다. 간호사 말로는 칼륨 수치가 높은 것보다 낮은 것이 좋다고 하였다. 저염식을 하다보니 몸무게가 일 년 만에 거의 15kg이나 줄었다. 그렇게 어렵던 비만치료가 저절로 해결되었다. 기뻐해야 할 일인데도 기분은 영 씁쓸했다. 이제 바랄 것은 현 상태를 잘 유지하면서 저염식을 맛나게 먹을 수 있는 방법을 찾아내야 한다.

어느 정도 저염식에 익숙해졌다. 습관은 들이기 나름이라더니, 옛말 하나도 틀리지 않았다. 밝아오는 계묘년에는 토끼의 발랄함과 재치를 기운 받아 건강을 지키는 해로 정했다. 생각해보니 가족들 챙기느라 내 몸 하나 제대로 관리하지 못한 게 아쉽다. 시간은 순식간에 몇 십 년을 삼켜버리고 홀로 앉아 있는 나는 허탈감으로 자꾸만 작아진다.

희비가 엇갈리는 12월 오후, 나는 창가에 기대앉아 십오 년 된 제라늄 빨간 꽃잎을 내려다본다. 이 꽃처럼 강인한 생명력을 나에게도 우리 아이들에게도 보여주고 싶었다.

하늘엔 흰 구름 여유롭고 모든 게 제자리인데 나도 이전의 건강한 내 모습으로 돌아가야 하지 않을까? 제라늄 붉은 꽃잎이 바람에 흔들린다.

●

문학의 길을 걷다

중학교 1학년 국어시간이었다. 선생님은 칠판 중앙에 '첫눈'이란 낱말을 크게 적고는 첫눈에 대한 시詩를 써보라고 했다. 마침 창밖엔 함박눈이 내리고 있었다. 처음 써보는 시여서 물끄러미 창밖만 내다보았다. 하얗게 내리는 눈발 사이로 초췌한 어머니 모습이 떠올랐다. 그즈음 할아버지가 돌아가신 지 얼마 안 되어 우리 집은 상중喪中이었다. 어머니는 흰 광목치마를 항상 입고 있었는데, 내 눈에는 창밖으로 날리는 함박눈이 어머니의 흰 광목 치맛자락이 펄럭이는 모습으로 보였다. 나는 그 느낌을 살려 시로 지었다. 그때 쓴 시 첫 구절이 생각난다.

"첫눈 사이로 어머니 흰 광목치마가 보이네"였다. 그렇게 쓴 시를 국어선생님께서 잘 썼다고 칭찬해주셨다. 한 학년에 8반까지 있던 1학년 각 반마다 돌아다니며 선생님은 내 시를 들려주었다. 그 덕분에 나는 유명해졌다. 쉬는 시간마다 아이들이 우리 반으로 우르르 몰려와 손준식이 누구냐면서 나를 부러운 듯이 보고 갔다. 그때 '시인'이란 별명도 얻었다. 나는 처음으로 시인이 되겠다는 꿈을 가졌다. 특활시간에 문예반에 들어가서 열심히 활동했다. 「상록수 그늘 아래서」란 시는 교지에 실리기도 했다. 그때 여러 편의 시를 썼는데 적어놓은 노트를 옳게 간직하지 못한 것이 안타깝다. 오래되어서 제목들이 떠오르지 않지만 여고시절 교지에 실린 또 다른 시 「탱자나무 울타리」도 기억에 남는다.

내가 생각해도 소녀시절에는 감수성이 예민했다. 우리 고향집 안마당에 파르스름하게 달빛이 깔리는 밤이면 쪽마루에 걸터앉아서 눈물을 흘리기도 여러 번이었다. 낙엽 지는 가을이면 집 근처에 있는 낙화담 저수지로 올라가는 엣꼴산 오솔길을 혼자 걸으며 소월의 시를 읊기도 했다.

철없이 일찍 결혼한 나는 남편에게 원망도 많이 했다. 다른 친구들처럼 그냥 있었으면 문학공부를 더하여 시인으로 명성을 날렸을지도 모르는데 당신 때문에 망했다고 넋두리를 퍼부어댔다. 그때마다 남편은 난처한 표정을 지으며 어쩔 줄 몰라 했다.

내가 생각할 때, 감수성이라든가 글쓰는 능력은 선대로부터 물려받는 것 같다. 친정할머니는 어깨 너머로 동생들 공부하는 걸 보면서 혼자 힘으로 한글을 깨치셨다. 문장력까지 좋아서 동네분들 자녀 결혼시키면서 보내는 사돈지를 할머니가 항상 대필해주었다. 이런 것을 보면 손녀인 내게 그 유전인자가 조금은 옮겨지지 않았나 싶다. 또 한 분은 외할아버지다. 외할아버지는 12·12사태 주역인 장태완 장군의 아버지로, 대구 달성공원 노인들 모임에 시조대회가 열리면 항상 장원을 도맡았다. 할아버지는 영락없는 시조시인이었다. 이러한 것들이 나에게로 들어와 뒤늦게 문학을 사랑하게끔 이끌어준 것이라고 본다.

학창시절부터 나의 마음속에는 항상 아름다운 시어들이 꿈틀거렸다. 결혼생활에 젖어 그것을 내뱉지 못하고 한 서린 사람처럼 세월을 보냈다. 남편이 일찍 중풍으로 쓰러져서 22년 동안 간병했기에 엄두를 못냈는지도 모른다. 또한 손주들 키우는 재미로 바쁜 시간을 보냈기에 글을 써야겠다는 생각을 꿈도 꾸지 못했다. 남편이 7년 전에 저세상으로 떠난 뒤 일흔이라는 나이를 넘어서 나는 무언가를 붙들고 싶어졌다. 그즈음 잃어버렸다고 생각한 시를 다시 쓰고 싶었다. 당시 쓴 시가 남편과 관련된 내용으로 제목은 「임종」이었다.

임종을 앞둔 남편이 눈물을 주르르 흘리는데 그 모습이 눈물겹게 떠올라서 쓴 시였다. 이 시를 보고 지인들이 감동했다고 칭찬해줘서 용기를 얻어 본격적으로 시작詩作에 몰두했다. 주변의 권유로 2018년에 『서울문학』에 시로 등단했고, 1년쯤 지나 시집을 내겠다고 마음을 먹고는 그동안 혼자 습작한 시 80편을 그 이듬해에 출간하였다. 시집 제목은 『어느 민들레의 삶』이다. 첫 시집을 내고부터 나의 어릴 적 꿈을 이뤘다는 성취감과 문학인의 대열에 들어선 자부심을 갖게 되었다. 2년 전에는『인간과문학』으로 수필 등단도 하였다. 수필은 시와 달리 나의 지나온 인생길을 자유롭게 말할 수 있어서 더욱 빠져든다. 내가 경험한 일들과 살아오면서 축적한 나만의 인생철학을 정리 중이다. 한 편 한 편 완성될 때마다 걸어온 인생이 헛되지 않은 것 같아 뿌듯하다.

작년에는 손녀가 건네준 정보를 읽다가 한국예술인복지재단에 창작지원금 신청을 하여 그곳에서 주는 지원금으로 두 번째 시집인 『나뭇잎 편지』도 출간했다. 이로써 나는 문학의 길로 완전히 들어섰다. 누군가 어떤 이유를 대고 그만두라 해도 이젠 발을 뺄 수 없을 만큼 중독이 되었다.

글을 쓰지 않았으면 나는 지금 어떻게 되었을까. 심한 고독감과 상실감에 빠져 무기력한 노후를 보내고 있을 게 뻔하다. 문학은 나의 은인, 둘도 없는 인생의 동반자와도 같다.

칭찬 하나로 없던 힘이 생겨나 성공할 수 있었다고 말한 어떤 이의 말이 실감난다. 중학교 1학년 국어시간에 임명자 선생님 칭찬 한마디에 나도 시인이 되었다. 늦기는 했어도 꿈을 이룬 건 굉장한 일이다. 일에 있어 때가 중요하다면, 지금이야말로 나에겐 문학하기에 최고로 적합한 시기이다.

함박눈 내리는 날, 선생님 생각하며 눈길을 걷는다.

북콘서트를 마치고

　제2시집『나뭇잎 편지』를 출간하고 얼마 지나지 않아 수필로 등
단한『인간과문학』에서 북콘서트를 열어주었다. 한 달 전에 예약한
행사장은 대학로에 위치한 마로니에공원 내 '좋은공연안내센터'
다목적홀 지하 2층이었다. 교통도 편리하고 날씨도 좋아 여러 가지
로 축복받은 기분이 들었다. 2020년 첫 시집『어느 민들레의 삶』을
내고 가까운 친지를 초대해 출판기념회를 하고 싶었지만 코로나가
창궐하여 아쉽게도 포기했다. 항상 마음에 걸리던 차였는데 작가회
에서 북콘서트를 준비하자고 제안하여 고마웠다.

　안내를 받으며 행사장으로 들어서는데 가슴이 떨렸다. 입구에서
부터 여러 단체에서 보낸 꽃들과 화분들이 가득했다. 무대 중앙으
로 내 책이 인쇄된 현수막이 작가회에서 보내는 축하 말과 함께 큼
지막하게 걸려 있었다. 언제 준비했는지 작가 사인석이 안쪽으로
마련되었고 한 회원이 그리로 나를 이끌었다. 나는 자리에 앉아 행

●

사에 참석한 분들께 정성껏 시집에 사인을 해드렸다. 어느 정도 시간이 흘렀을 때, 어둑한 행사장을 둘러보았다. 여러 문학단체 문우들과 지인들 80여 명 넘게 그 넓은 홀을 가득 메우고 조용히 앉아 있었다.

사회자가 내 이름을 불러서 무대 위로 올라갔다. 왼쪽 가슴에 꽂은 꽃이 바르르 떠는 것으로 보아 나는 덜덜덜 떨고 있는 게 분명했다. 웬만해서는 사람들 앞에서 긴장하지 않는데, 그날은 어쩐 일인지 긴장이 되었다. 잘해야 할 텐데, 입술이 바싹바싹 말라갔다. 사회자가 눈치를 챈 듯 자연스럽게 말을 건네며 나를 의자로 안내했다. 그리고 능숙한 농담을 섞으며 긴장을 풀어주었다. 거짓말처럼, 아무 일 없었다는 듯 나는 마음이 편안해져서 객석을 휘이 둘러보는 여유까지 부렸다. 모두들 반짝이는 눈동자로 나를 지켜보았다. 하나 둘, 고마운 분들이 눈에 들어왔다.

사회자는 나를 멋지게 소개하고는 시를 쓰게 된 동기에 대해 물었다. 나는 중학교 1학년 국어시간에 「첫눈」이라는 시를 썼는데 선생님께 크게 칭찬받은 받은 이후로 시인이 되고 싶은 꿈이 생겼다고 대답했다. 첫눈 내리는 이미지는 상주가 된 우리 어머니의 슬픈 모습과 닮아서 그 이미지로 옮겼는데, 나에게 크게 각인된 장면이었다. 그 말을 전하면서 다시 중학교 1학년 때로 돌아간 기분이었다.

다음 질문으로는 나에게 시詩는 무엇이고 문학은 어떤 의미를 갖고 있는지 궁금하다고 물었다. 나는 시가 삶을 풍성하게 하고 노년

●

을 아름답게 해주고 외롭지 않게 하는 거라고 말해주었다. 이어서 문학은 나를 깊은 생각에 들게 하고 자아를 키우게 하더라고 대답했다. 그 외에도 시의 소재는 어디서 찾는지 시적 대상과 마주하면 어떤 생각을 하는지 그 대상을 찾으면 작품이 될 때까지 얼마나 시간이 걸리는지 등 사회자는 여러 질문을 했고 나는 모범답안이라도 내보이듯 느리고 여유 있게 나의 생각들을 전달했다.

사람들 앞에 앉으면 떨려서 아무 말도 못할 줄 알았는데 그냥 술술, 뒤에서 누군가가 불러주면 그대로 대답하는 것처럼 말이 잘도 나왔다. 내가 봐도 신통방통하다는 생각이 들었다. 가만히 생각하니 진행자가 능란하게 나를 이끌어준 덕도 있지만, 그보다는 내가 직접 겪은 일들이라 스스럼없이 할 말이 풀려나왔다고 본다. 그 자리에 고향 친구들이 있어서 힘을 얻었는지도 모른다. 열 명 넘게 참석했는데 사회자가 일일이 이름을 호명해주면서 나와 그들의 우정을 칭찬하고 응원해주었다. 그 힘도 한몫했다고 생각한다. 친구들도 자신들이 주인공이 된 양 얼굴이 상기된 채로 기뻐하는데 그 모습을 보며 나는 행복했다.

행사 중반쯤 내 시집 표제작을 우리 회원이 낭독하고 있을 때였다. 위낙에 목소리가 좋고 낭독을 잘하는 회원이어서 내 시를 명시인 양 착각하게 하였다. 나는 거기에 흠뻑 빠져서 듣고 있었다. 절반쯤 듣다가 이상한 기운에 출입구 쪽을 보니 뜻밖의 반가운 분이 걸어 들어왔다. 전 국무총리 이수성 아재였다. 할머니 친정 조카이

●

자 아버지의 외사촌이기도 한 아재는 나하고 가끔씩 연락하며 지낸
다. 얼마 전 제2시집을 보내드리면서 북콘서트를 마로니에공원에
서 연다고 예사롭게 말씀드렸을 때, "아! 그곳은 옛날 서울대학 자
리인데" 하고 대답하였다. 그러면서 "축하한다"라고 덕담을 해주고
는 그날 일정을 물으셨다. 생각지도 않았는데, 불편한 몸으로 나타
난 것이다. 나뿐이 아니라 그곳에 참석한 모든 분들이 하나같이 놀
라는 눈치였다. 서울대학교 총장이었던 아재도 추억의 거리를 걸으
며 감회가 새로웠을 것이다.

문예지 발행인이 상석으로 모시려는데도 극구 사양하며 뒷자리
에 앉아 계시다가 간단한 인사말을 그 자리에서 해주었다. 축하 말
씀을 해주면서 나의 할머니, 그러니까 그분 고모에 대해서도 회고
했다. 고모가 돈이 많아서 그렇게 했겠지만 자식들과 집안을 위해
서 금강산에 절을 지었고 때마다 그곳에서 치성드렸다는 말을 해서
모두들 놀라게 했다.

나 어릴 적 이야기를 할 때는 조금 부끄러웠다. 예쁘고 얌전하고
총명했다고 하시는데, 바로 책상 밑으로 숨고 싶었다. 사람들은 당
황해하는 내 표정을 보면서, 또 흐뭇해하는 우리 아재 얼굴을 보면
서 박수치며 웃었다. 나는 수성 아재가 참 고마웠다. 그날 분당에서
지인 모임에 갔다가 일부러 내 행사에 늦지 않게 참석하려고 부랴
부랴 달려왔다며 모시고 온 기사가 말해주었다. 내 친구들은 고향
어른이 오셨다고 반가워 어쩔 줄 몰라 하면서 아재께 고향 소식도

전해드리고 함께 기념촬영도 했다.

　이렇게 이수성 전 국무총리가 참석하니 북콘서트가 더 빛이 났다. 그날 나는 우리 가족들에게 북콘서트가 있다고 말하지 않았다. 왜냐하면 얼마 전에 수필 등단식에도 가족 모두 참석했고, 한 달 뒤에는 고향 칠곡에 내 시비 제막식이 예정돼 있기 때문이었다. 그때도 가족이 모두 가야 하는데, 바쁜 아들과 식구들을 생각하니 입이 떨어지지 않았다. 말이 나서 이야기인데, 시비는 고향 선후배들과 지자체와 협력하여 세워주는 뜻깊고 고마운 일이다. 다른 지역에서는 살아 있는 문인의 시비는 세우지 않는다고 하던데, 그래서 나는 그것이 참 조심스러웠는데, 우리 지역에서는 공공연하게 그런 일들이 있어왔다고 하여 못이기는 척 뜻을 받았다. 잘한 일인지는 모르겠으나 고향 선후배들, 지자체 관계자들의 호의를 무시할 일만도 아니었다. 어쨌거나 시비는 시비이고 북콘서트에 우리 가족 한 사람 없으니 허전했다. 내가 잘못 생각했나 싶었는데 수성 아재 출현으로 섭섭함이 모두 사라졌다. 집안어른이 가족의 빈자리를 묵직하게 채워주셨다.

　그날 참석한 나와 가까이 지낸 지인들이 기뻐해줘 분위기가 정겨웠다. 아재와 주인공인 나를 중앙에 세우고 기념촬영을 하는데 꿈만 같았다. 세상에 태어나 내 이름을 단 책 한 권을 내는 것도 있을까 말까 한 일인데, 두 번째 책을 내고, 내가 존경하는 아재를 출판기념회를 겸한 북콘서트에 모실 수 있는 영광을 누리다니 이처럼

●

복된 일은 또 없을 것이다. 사진을 찍으며 아재는 내 손을 꼭 잡아주셨다. 나는 할머니 생각에 눈물을 애써 참았다. 할머니가 이 자리에 함께했다면 얼마나 좋을까, 생각하면서 빙긋이 웃는 사진을 남겼다.

북콘서트를 마치고 집에 도착하니 늦은 밤이었다. 집안 가득 꽃들이 화사했다. 소파에 앉아 축하 리본에 적힌 인사말을 하나씩 읽었다. 정감이 묻어나는 말들, 문학을 한다는 것은 사람과 사람과의 관계를 이해한다는 것이라고 했다. 나는 그것을 제대로 알기 위해 지금껏 이 길을 걸어왔는가보다. 나의 문학에 대한 열의도 자존감도 북콘서트로 인해 더욱 높아졌다.

내 잔치에 참석하신 모든 분들께 하늘의 별이라도 따드리고 싶다. 이러한 내 마음을 알아주기라도 하듯 오래된 벽시계가 뻐꾹, 뻐꾹, 열두 번 울리며 노래한다.

●

시비 제막식

5월이 막 시작되는 날 아침 옥선이한테서 전화가 왔다. 첫 마디부터 친구 특유의 높은음자리 톤으로 올라가더니 말 속도가 급속도로 빨라지면서 한마디를 툭 내던졌다.

"준식아, 너 운트였다."

무슨 말인가 물었더니 해마다 대구 가는 길목 한티재 고갯길에서 하던 아카시아축제가 올해부터는 낙화담 내 시비가 세워진 곳에서 열린다는 것이다. 올해는 5월 4일과 5일 이틀 동안이라고 했다. 자연산 꿀과 먹거리 등 다양한 지역 특산물 홍보를 하며 축제가 펼쳐지면 양봉업자와 대구 칠곡군 등지에서 많은 사람들이 모일 거라고 했다. 그러면 자연스레 내 시비를 보고 시비에 새긴 시를 감상할 거라며 기뻐했다. 옥선이 말이 "너 정말 고향 유명인사가 되겠구나" 하는데, 친구가 그리 좋아하니 덩달아 나도 기분이 좋았다.

지난 4월 20일, 고향 후배와 동문들, 그리고 지자체 후원으로 나

●

의 시비가 고향 마을 낙화담에 세워졌다. 제막식을 한 지도 벌써 한 달이 지나가고 있다. 내가 활동하고 있는 '인간과문학'에서 버스 한 대를 대절해줘 문인들이 그 버스에 타고, 우리 집에서 대절한 버스 한 대로 지인들을 태워 두 대의 버스가 고향 칠곡의 신동 웃갓 낙화담 시비 제막식장을 향했다. 가는 도중 비가 내리기는 했어도 금의 환향하는 기분으로 내 마음은 내내 설렜다. 신동초등학교 앞을 지나갈 때 '초원 손준식 시비 제막'이라고 크게 적은 플래카드가 걸려 있어 버스 안 지인들이 "야~!" 하며 함성을 질렀다. 나는 조금 쑥스럽기는 해도 후배들의 정성에 크게 감동하였다.

식장에 도착하여 버스에서 내리면서도 내 눈을 의심했다. 유명한 가수 콘서트장처럼 축하객이 가득했다. 비가 내리는데도 그 넓은 장소가 빼곡했다. 후배와 동문과 지인들이 얼핏 보아도 삼백 명가량 모인 것을 보고 선뜻 그 자리에 들어서기가 두려웠다. 나를 안내해준 후배를 따라 중앙에 위치한 자리로 가면서 내가 과연 이런 훌륭한 대접을 받을 자격이 있는 사람인가 싶어 걸음이 옮겨지지 않았다. 겉으로 태연한 척하려 해도 자꾸 온몸이 오그라드는 것 같았다. 정신을 차리고 정면을 바라보니 단 위에 세워진 많은 화환들이 나와는 다르게 개선장군 기마병처럼 위용을 뽐내며 멋지게 서 있었다. 보내주신 분들 이름을 한 분 한 분 읽어가며 그분들의 정성을 가슴에 담았다.

일곱 분 선생님들의 축사를 듣는데 나는 온몸이 더 작아졌다. 과

분한 칭찬에 부끄러움이 일시에 몰려와 현기증이 일었다. 시비에 새긴 「추억 잠든 곳에」라는 시를 낭송가가 낭송할 때서야 제정신으로 돌아와 호흡을 가다듬을 수 있었다. 제막식 하이라이트인 시비 제막을 할 때 "하나, 둘, 셋" 하는 호령에 맞춰 시비에 씌운 하얀 보가 내려질 때의 짜릿한 전율을 잊을 수 없다. 어른들이 "오래 살고 볼 일이다" 하셨는데, 그 말이 하필 그때 생각나는지 나도 모르게 머쓱해졌다.

행사가 끝나고 시비 앞에서 여러 지인과 팀별로 사진 촬영을 하였다. 내 옆에 서 있던 훤칠한 군의원이 나에게 오잉국댁을 아느냐고 물었다. 그분은 우리 이웃에 살던 할머니로 어릴 적 나를 너무나 귀여워해주셨던 분이다. 잘 안다고 하니 자기가 오잉국댁 손자라고 하여 반가움에 끌어안고 기념사진을 찍었다.

계획으로는 낙화담 호숫가에서 식탁을 차려놓고 식사하며 정담을 나눌 시간을 갖고자하였는데 비가 많이 와서 그러지 못하였다. 시비 제막을 주관한 후배 박성순 회장이 그 점을 가장 아쉬워했다. 그건 나도 마찬가지였다. 멀리서 함께한 문우들과 오랜만에 만난 지인들과 인사도 변변히 나누지 못한 것이 내내 아쉬웠다.

처음 식장에 들어섰을 때 나를 제일 먼저 끌어안고 반가움에 울음을 터뜨린 친구 희자 내외는 식 마치고 축하객이 너무 많아 나를 배려하느라 식사도 하지 않고 그냥 집으로 가버렸다. 우리는 나중에 따로 만나기로 하였다.

●

인근 식당에 차려놓은 뷔페 음식을 먹으면서 뒷집에 살던 친구 석중 내외와 내가 언니라고 부르며 따랐던 그 친구 누나를 만났다. 이십대 만나고 칠팔십이 다 되어서 만나보니 서로가 몰라보게 변해서 반갑기도 했지만 가슴이 더 먹먹해왔다. 친구들이 정성으로 준비해온 팥시루떡을 주거니 받거니 먹으면서 새로운 정을 쌓았다.

그날 나는 여러 지인과 이야기하면서 그 옛날 낙화담에 놀러왔을 때 일을 회상했다. 어릴 적 어느 봄날, 가족들과 낙화담 좋은 자리에 돗자리 깔고는 친정어머니 무릎 베고 누워 일렁이는 호수 물결을 바라보았던 그 순간들을 소환했다. 사춘기 소녀시절 친구들과 사색에 잠겨 걷던, 아직은 다듬어지지 않은 낙화담 둑길을 떠올리며 아련한 미소를 던졌다.

하필 시비 제막식 날에 억수비가 내려 나는 여러 생각에 잠겼다. 빗소리가 마치 친정할머니가 하늘나라에서 내려다보고 손녀 자랑하는 소리로 들려 나도 모르게 눈물이 났다. 그리운 나의 할머니. 할머니가 살아 계시다면 이런 나를 얼마나 자랑스러워하실까. 보나 안 보나 나는 우리 할머니를 잘 알고 있다. 누구보다도 나를 아끼고 사랑하셨던 할머니셨기에 분명 뿌듯해할 것이다.

서울 집에 돌아와서 이삼 일 동안 지인들과 친구들이 보내는 카톡 문자와 전화를 받고 답하느라 바쁜 날들을 보냈다. 친구 명자가 전화를 하여 말하기를 제막식장에서 친구들이 많이 울었다고 했다. 내 맏아들이 인사말 할 때 엄마를 생각하는 애틋한 마음이 느껴져

●

친구들이 하나같이 고맙기도 하고 감격해서 모두 자기 일처럼 눈물이 났다고 했다. 나는 아들이 인사말 할 때 왜 저러나 싶어 조금 창피했는데 듣는 이들은 그게 아니었던 모양이다. 어쨌든 나의 시비가 낙화담에 세워지고 고향 찾는 이들이 많아졌다는 소식은 듣던 중 반가운 일이다. 이 일은 나만이 좋은 일이 아니고 애향심을 키워주는, 우리들로선 경사스러운 일이 아닐 수 없다. 흐뭇했다.

낮에는 한 친구가 낙화담에 놀러왔다며 내 시비 앞이라고 전화를 했다. 내가 쓴 「돌꽃 한 송이」를 읽고 있다면서 그 시를 카톡으로 찍어 보내주었다. 또 아들 친구는 부모님 모시고 지난 토요일에 낙화담에 다녀왔다고 했다. 그 아버지가 풍수지리를 볼 줄 아는데 시비를 세운 자리가 명당이라고 했다며 전해주었다. 그 말을 들으니 네 잎클로버 행운이 집안 가득 넘쳐흐르는 것 같아서 그 기운에 취해 눈꺼풀이 스르르 감겨왔다.

오월 가족여행을 고향인 웃갓 낙화담으로 정했다. 시비 앞에서 사진도 멋있게 다시 찍고 둘레길 십 리도 가볍게 걸어볼 작정이다. 내 마음은 벌써 낙화담 오솔길 따라 아름드리 굴밤나무 사이로 날아오르고 있다.

또 핸드폰 벨이 울린다. 보지 않아도 느낌으로 친구 옥선이가 새로운 고향 소식을 담아 보내려는 전화인 것 같아 웃음이 먼저 나온다.

고향에 시비를 세우고 나니 오랫동안 내 마음속에 잠자고 있던 자신감과 희망이 다시 살아나는 것을 느꼈다. 나이가 들어도 하고 싶은 염원을 기도하면 뜻하지 않은 운도 찾아오는구나 싶어 감사한 마음 이루 말할 수 없다. 열심히 살면 좋은 일 따라온다는 옛말을 나는 좋아한다.

Part VI

칠곡 한티가는길

꿈 이야기

  나는 예지몽豫知夢을 믿는 편이다. 해몽하기를 좋아하기도 한다. 좀 더 나은 삶을 바라는 내 속마음의 바람 때문인지도 모르겠다. 길몽이든 흉몽이든 꿈을 꾸고 나면 꿈풀이를 한다.

  어릴 때는 주로 낭떠러지에서 떨어지는 꿈을 꾸었다. 그러면 키가 자란다고 어른들이 말해주었다. 결혼하고 나서는 흉몽을 많이 꾸었다. 소가 뛰어다니는 꿈을 꾸면 그날은 영락없이 남편한테 안 좋은 일이 생겼다. 만취가 되어 119에 실려간다든가, 넘어져 병원에서 치료 중이라며 연락이 오거나, 길가 아무데서나 누워 자니 빨리 와 데려가라는 전화가 파출소에서 반드시 왔다. 소가 보이면 조상이 동하는 것이라 하였다. 조상이 조심하라고 보여주는 것인지 몰라도 그런 꿈을 꾸고 나면 하루가 시작되기도 전에 힘이 빠졌다.

  꿈에 친정 할머니와 어머니가 보이면 집안에 우환이 생겼다. 똑같이 암시를 주는 꿈이지만, 그래도 소가 설치는 것보다는 양호한

편이었다.

어느 잡지에 실린 글이 생각난다. 사람이 죽는 날짜와 시간 등 여러 가지 앞으로 일어날 일들을 예지몽으로 꾸는 사람이 있다는 내용이었다. 이런 이야기를 접하면 우리 인생은 알 수 없는 어떤 기氣의 흐름에 따라 움직인다는 생각이 든다. 우리의 사후 세계도 이런 꿈의 연속으로 펼쳐지는 건 아닌가 싶다.

꿈이 맞다보니 간밤에 좋지 않은 꿈을 꾸는 날이면 식구들에게 조심하라고 일러준다. 큰아들은 내 잔소리가 싫었던지, "어머니는 성당에 다니면서 그런 걸 믿는다"고 핀잔했다.

어느 날 밤, 작은아들이 어두운 얼굴로 꿈에 나타나서 신경이 쓰였다. 며칠 후 전화했더니 자동차 접촉사고가 있어서 조금 다쳤다고 했다. 이런 꿈을 자주 꾸다보니 물어보는 것도 겁이 나서 꿈을 꿔도 속으로만 알고 그저 무사하기만을 몰래 기도한다. 다행히 몇 년 전부터는 흉몽보다 길몽을 자주 꾸었다. 주벽酒癖으로 늘 신경을 써야 했던 남편이 피안의 언덕으로 떠나가서 그런지도 모르겠다. 아니면 자손들 덕에 내 심신이 맑아졌는지도 모른다. 흉몽에서 벗어나니 모든 게 편안해졌다.

얼마 전에는 길몽 하나를 꾸었다. 큰손녀가 취직시험을 보게 되었다. 나는 꿈에서 손녀 머리에 예쁜 모자를 씌워주었다. 그리고 며칠 후 합격했다는 연락이 왔다. 작은손녀가 노무사 시험을 볼 때에도 비슷한 꿈을 꾸었다. 그 아이 목에 예쁜 머플러를 감아주는 꿈이었는데, 이튿날 합격 문자가 왔다. 이런 일이 있고부터는 나한테 노상 장난만 치던 큰아들도 "요사이 무슨 좋은 꿈 꾼 거 있어요?" 하고 묻곤 한다. 세파에 시달리다가보면 희망적인 말은 무엇이든지 듣고 싶어지고 믿고 싶어지는가보다.

나는 늘 희망한다. 꿈에서 열차를 타면 근심거리가 생긴다고 하니 그런 꿈은 꾸지 않았으면 한다. 입던 옷을 벗어던지는 꿈은 몸에 붙은 지병이 낫는다고 하니 이러한 꿈을 자주 꾸고 싶다. 그런 꿈이라면 밤새도록 뛰도 피곤하지 않을 것이다.

작년 정월 어느 일요일이었다. 성당에서 구역별 윷놀이를 하게 됐는데, 구역별 선수 4명으로 조를 짜서 4등까지 상금을 준다고 했다. 나는 현대아파트 2구역 선수로 나가서 신나게 윷을 던졌다. 간밤에 꿈이 예사롭지가 않아서였다. 꿈속에서 나는 연신 빨간 깃발을 흔들고 있었다. 그 꿈이 적중했던지 16강전에서 8강전을 거쳐서 4강전에 거뜬히 올랐다. 여기서 꼴찌를 해도 4등이라고 여유 부리면서 우리 구역 반원들은 손뼉을 치고 좋아했다. 윷판에 쓰이는 우리 구역 윷말도 빨간 색이었다. 그것도 신기할 따름이었다. 예상한 대로 입상했고 기대도 안 했던 3등이었다. 놀라워서 말이 나오지 않았다. 선수들끼리 하이파이브를 하고 승리를 자축했다.

이러한 것을 우연이라고 하기에는 내 꿈은 너무도 선명한 암시를 주곤 한다. 내가 성당에 다니지 않았다면 무속인이 되지 않았을까 싶은 생각도 든다. 그랬으면 명성을 날렸을까? 씁쓸한 이야기이긴 하나 꿈이 척척 맞아떨어진다는 건 예삿일이 아니기 때문이다.

예지몽을 이야기하다보니 아들 둘을 임신했을 때 태몽이 생각난다. 큰아들을 가졌을 때인데, 까만 돼지새끼와 곧게 하늘로 뻗어나가는 나뭇가지가 등장했다. 친정 마당에 그 중 한 마리를 끌어안고 나무를 심었는데 하늘 끝까지 나뭇가지가 쭉쭉 뻗어나가는 것이었다. 꿈속에서도 신기하기만 했다. 돼지꿈을 꾸면 돈이 들어온다고 했다. 그래서일까. 큰아들 하는 사업이 잘되는 게 어쩐지 내 덕 같다는 생각이다. 이런 말 하는 나를 큰아들이 놀려도 할 수 없다.

둘째아들은 티 없이 맑은 파란 하늘 밑에 벚꽃이 만발한 꿈이었다. 꽃을 봐서 딸인 줄 알았는데 아들이어서 또 좋았다. 푸른 하늘을 봐서 그런지 둘째는 마음이 넓고 순수한 성품을 지녔다.

꿈에 대해 이야기하다보니 생시에 일어난 일들은 피터팬을 따라가버린 것 같아, 순간 어리둥절해진다. 지난 날 수없이 많은 밤들이 유성 따라 흘러간 것처럼 나의 예지몽도 별똥별처럼 사라져가고 있다. 황혼길에 들면 모든 것이 꿈처럼 멀어지는가보다.

엄마의 기도

봄맞이 청소를 하다가 거실 한 쪽에 걸려 있는 가족사진을 보았다. 사진 속에는 1년 전 떠난 남편이 행복한 미소를 짓고 있었다. 재작년 내 칠순 생일에 바깥에서 식사하고 돌아오던 길에 찍은 사진이다. 사진을 보다가 일찍 세상을 떠난 남동생 생각이 났다. 생뚱맞게도 남편과 동생이 천국에서 잘 만났을까 하는 생각에 이르자 쓸쓸한 마음마저 들었다.

내 밑으로 다섯 살 어린 남동생이 있었다. 동생이 고등학교 2학년이던 그해 여름을 나는 잊지 못한다. 새 학기 첫날, 동생은 어머니가 빳빳하게 다려준 하복을 입고 기차를 타기 위해 집을 나섰다. 그러고 다시는 집으로 돌아오지 않았다. 기차통학을 하는 친구들과 교모를 던지며 여느 때처럼 장난을 치다가, 발을 헛디딘 동생이 기차에서 추락해 하늘나라로 갔다.

그날 저녁, 저녁밥을 다 먹도록 동생이 돌아오지 않자 온 식구가 걱정을 하고 있었다. 그때 이웃 학생이 다급하게 대문 안으로 뛰어들어왔다. "저… 윤식이가 기차에서…" 하면서 다음 말을 잇지 못했다. 어머니는 맨발로 안마당을 뛰어내리면서 "왜! 죽었나?!" 하고 큰소리로 물었다. 나는 그때 우리 어머니가 왜 저러시나 했는데, 어머니의 직감은 무서우리만치 적중했다.

하늘이 무너지는 슬픔으로 장례를 치렀다. 어머니는 말로 다할 수 없는 충격으로 몸져누워 몇 날 며칠 식음을 거부했다. 움푹 들어간 눈은 살아 있는 사람의 형상이 아니었다. 그대로 돌아가실까봐 무서웠고 그대로 박제가 될 듯 순간순간 가슴이 떨렸다.

나는 그날 이후로 남학생들이 하복을 입고 지나가는 것만 봐도 가슴이 내려앉았다. 어머니는 기차소리가 들리지 않는 곳에서 살고 싶다고 날마다 통곡했다. 어둡고 괴로운 마음의 터널을 우리 친정 식구들이 어떻게 지나왔는지, 생각만 해도 까마득하다. 오로지 어머니께서 성모님을 의지한 채 기도하는 마음으로 버텼기에 가능했지 싶다. 그 덕분에 슬픔의 시간을 무사히 건널 수 있지 않았나 생각한다. 그때 내가 어머니를 위로해드릴 수 있는 말은 "엄마, 성모님을 생각해보세요. 외아드님을 떠나보내신 십자가의 길, 그 고통에 비하면 우리의 슬픔은 참아야 하지 않겠어요?" 이 한마디뿐이었다.

당시에는 어머니 귀에 내 말이 크게 들리지 않았으리라. 세월이 어느 정도 흐른 뒤, 신심이 두터운 어머니는 하루도 거르지 않고 묵주기도를 하셨다. "성모님, 제 아들 야고버를 보살펴주소서" 하며

●

열심히 기도만 할 뿐이었다. 어머니 기도는 돌보던 다섯 살짜리 내 아들에도 특별했던지, 그 꼬맹이가 "성모님, 야고버…"라고 무슨 뜻인지도 모르면서 중얼거리며 돌아다녔다.

어머니는 슬픔을 달래는 방법으로 우리 아들 형제를 지극정성으로 키웠다. 어머니가 외손자들에게 정성을 다하는 건 가슴 아픈 슬픔을 잊기 위함이었다. 몸을 움직이고 개구쟁이 아이들 재롱떨고 말썽부리는 것 보면서 잠시나마 고통의 시간을 지웠을 테다. 쉴 틈 없이 움직이는 어머니를 볼 때마다 말리지 못하는 내 마음도 무겁기는 마찬가지였다. 지금은 전기밥솥도 있고 세탁기도 있어서 아이들 뒷바라지도 편하게 할 수 있다. 간식 종류도 다양해서 몸에도 좋고 고급스러운 것이 많아 고민하지 않고 쉽게 구입할 수 있지만, 그때는 모든 것이 부족해서 어머니가 고생을 많이 하셨다. 그 마음을 헤아릴 새도 없이 나는 나대로 바빠서 정신이 없었다. 곰곰 생각할수록 죄송하기만 하다.

항상 어머니 곁에 있었던 나는 나도 모르는 사이 어머니처럼 큰아들 아이 삼남매를 지극정성으로 돌봐주었다. 첫 손녀를 볼 때에는 며느리에게 육아책을 사달라고 해서 이유식 만드는 법을 배우며 육아에 대한 지식을 익혀나갔다. 옛날에 내 아이들 키울 때와는 많이 달랐고 이미 잊어버린 것도 많았다. 또 시대가 바뀌어 신교육이 필요하다고 느꼈던 때문이다.

손주들이 유치원에 입학하여 적응할 때까지, 불안해하는 아이 마음을 안정시키기 위해 나는 매일 아이들 곁을 지켰다. 마음속으로 "성모님, 제 손주들을 위하여 빌어주소서", "주님, 안젤라의 기도를 들어주소서" 하고 되뇌었다. 2~3개월 동안 기도하며 아이를 지켜보는 극성을 부리다보니 기도가 통한 듯 아이들은 유치원 생활을 잘 마쳤다. 초등학교에 들어가서도 별 어려움 없이 모범생으로 성장해나갔다.

나의 신앙심을 피부로 느꼈던 걸까, 십 년 전에는 며느리가 영세를 받고 '이사벨라'라는 본명을 정했다. 옛날에 친정어머니께서 아들, 딸을 위해 기도하신 마음의 몇 분의 일이라도 본받으려는 마음에 나도 두 아들과 며느리, 손주들을 위해 서투르나마 성심껏 주님께 화살기도를 드렸고, 성모님께는 묵주기도를 바쳤다. 그 결과 몇 년 전에 큰아들도 영세를 받아 '시몬'이라는 본명을 정할 수 있었다.

성모님께서 나의 기도를 들어주셨다고 생각하니 눈물이 주르륵 흘러내리는 한편, 내가 드리는 미약한 기도에 비해 너무나 크나큰 사랑을 베풀어주심에 죄송한 마음도 들었다. 주님과 성모님께서 나와 우리 집안에 내려주신 축복은 이루 다 말로 할 수 없다.

남편은 오십대 후반에 뇌졸중이 와서 20여 년간 투병했다. 60대 초반부터는 어느 정도 거동을 할 수 있었는데, 손주들 재롱을 보면서 그것이 약이 되었던 것 같다. 나는 그런 남편을 보며 아내가 아닌 엄마의 마음으로 그의 영혼을 구원해주고파 성모님께 묵주기도

●

를 바쳤다. 그 결과 기적이 일어났다. 오랜 투병으로 생긴 혈관성 치매로 인해 완고한 고집을 부리던 남편이 예비신자 방문교육을 받겠다고 허락했다. 그이는 몇 주간의 교육이 끝나자 순순히 휠체어를 타고 성당에 나가 영세를 받았다. 예수님의 수제자 '베드로'라는 본명을 받았을 땐 그가 더 기뻐했다. 주임 신부님께서 매주 목요일 우리 집으로 방문하여 병자 영성체를 해주셨다.

하지만 한숨 돌린 건강은 오래 지속되지 않았다. 오랜 투병생활을 한 탓에 면역력이 떨어지고 모든 기관이 쇠약해져 폐렴이 왔다. 신부님은 중환자실에서 종부성사를 해주셨다. 남편은 인공호흡기를 달고 겨우겨우 연명하다가 자신의 삶을 내려놓았다. 임종 시, 아들과 며느리와 나는 마지막 순간까지 울음을 참아가며 성모송을 외우고 또 외웠다. 먼저 저승에 가신 어머니께서 하늘에서 보신다면 우리와 같은 엄마의 마음으로 기도하지 않았을까 싶다.

남편 산소 묘비에는 "주님, 평화를 주소서"라고 적었다. 그 밑에 '유인극 베드로, 손준식 안젤라'라고 써놓으니 마음이 편안했다. 나는 아직 살아 있으나 남편이 외롭지 않도록 이름만이라도 같이하고 싶었다.

내 방 문갑 위에는 남편의 영세식 날 우리 반 기도모임 자매 분들이 선물해준 성가정상이 놓여 있다. 성가정상은 성모님께서 예수님을 안고 계신 모양을 하고 있다. 그것을 보다보면 우리 가정을 성가

정으로 나갈 수 있도록 인도하신 주님과 성모님께 감사한 마음이 절로 생긴다.

요즈음에는 바쁜 가사일과 남편의 간병으로 기도생활을 더 열심히 하지 않았다는 핑계를 접고 성모님께 받은 은혜를 보답하려고 노력하고 있다. 두 달 전부터는 레지오 협조단원으로 있으면서 돌아가신 어머님께 못해드린 기도와 자신을 위해 드리는 엄마의 기도, 손주들을 위해 드리는 할머니의 기도, 돌아가신 남편을 위해 마음으로 드리는 기도를 성모님께 매달리는 기분으로 드리고 있다. 한평생 오로지 사랑과 소망으로 키워온 아름드리 송림 같은 내 분신의 숲. 그 숲에 한줌 밑거름되어 더 울창한 밀림을 이루는 그루터기로 살게 해달라고 오늘도, 내일도 주님과 성모님께 기도드린다.

세상 모든 엄마의 마음은 자식을 사랑하는 뜨거운 모성애로 끈끈하게 뭉쳐 있다. 묵주기도, 환희의 신비 5단의 기도문 구절인 "마리아께서 잃으셨던 예수님을 성전에서 찾으심을 묵상합시다"를 보더라도 우리의 모성이 성모님의 성심에서부터 태어나지 않았나 하는 생각을 감히 해본다. 자애로우시고 아름다우신 성모님을 우러러보며 항상 겸손한 마음으로 기도하는 삶을 살고 싶다.

칠곡 한티가는길

　경북 칠곡군에 '한티가는길'이 조성되었다. 이곳이 한국 가톨릭 대표성지로 정해지면서 많은 사람들의 발걸음이 끊이지 않는다. 칠곡군 왜관읍 가실성당에서부터 동명면 순교성지까지 45.6㎞로 이어지는 이 길은 조선말 박해를 피해 전국에서 모여든 천주교인이 오고 갔던 길로 2022년에 계획하여 순례길로 조성되면서 오늘에 이르렀다.

　한티가는길은 '그대 어디로 가는가'를 주제로 담았다. 1구간은 '돌아보는 길', 2구간은 '비우는 길', 3구간은 '뉘우치는 길', 4구간은 '용서의 길' 나머지 5구간은 '사랑의 길'로, 저마다 구간을 선택하는 기준이 다르다. 1구간부터 5구간까지 전 코스를 걷는 이들이 있는가 하면 어느 한 구간을 정해서 사색하며 거닐기도 한다. 명상을 겸한 휴식의 공간으로 천주교인이 종교적 성찰과 건강을 위해 즐겨찾는 곳으로도 유명한 곳이다.

●

2023년 11월, 늦가을의 정취를 즐길 겸 우정을 쌓기 위해 고향 친구 12명이 사랑의 길인 5구간을 걷게 되었다. 잔디광장을 지나 억새가 한창인 억새길로 들어서니 천상에 가 닿은 기분이었다.

우리는 1년에 봄가을로 두 번씩 만난다. 고향인 칠곡군 지천면 신리 웃갓에서 만난 친구들이 이번에는 창평동 양떼목장을 거쳐 동명을 지나 한티성지성당 앞 잔디밭 광장으로 모였다. 모두 어린아이가 된 기분으로 약속장소로 향했다. 저만치서 하얗게 손을 흔들며 억새가 먼저 우리를 반겨주었다. 가을바람에 흔들리는 억새를 바라보니 가슴이 찡했다. 우리 모두가 칠십을 넘은 황혼길 나그네이고 보니 하얀 억새가 우리들 모습으로 보였던 때문이리라.

그날은 모두들 소년소녀가 된 기분으로 절경을 만나면 "와~" 하고 소리지르고 감탄하면서 억새풀 사이를 헤집고 다녔다. 저마다 앉거나 서서 사진촬영에 열중했다. 때마침 노란 은행잎이 노란 바람을 싣고 우리들 쪽으로 휘감겨 불어왔다. 차마 감당하기 어려우리 만큼 한순간에 일어난 일이어서 모두들 그대로 정지해 감탄만 자아냈다. 우리가 서 있는 주위가 순식간에 꽉 찬 가을빛으로 물들었다.

몸은 저물지만 마음은 그대로여서 웃음소리가 끊이지 않았다. 손에 손을 잡고 어린 시절로 돌아가서 억새길 전 구간을 걷다보니 삼십 분이 금방 지나갔다. 나는 갈대와 억새를 분간하기가 어렵다. 하도 비슷해서 어릴 때는 이 둘을 같은 것이라고 생각한 적도 있다.

●

갈대는 습지나 갯가 호수 주변의 모래땅에서 군락을 이루고 자라는 반면, 억새는 산과 들에서 자란다는 걸 나중에야 알았다.

억새를 보면 투박한 산등성이도 마다하지 않고 서 있는 모습이 대장부 같은 기상이 보이고, 바람 불 적마다 하얀 머리를 흔드는 것이 무명옷에 하얀 앞치마를 둘렀던 나의 어머니 같다는 생각도 자꾸만 든다. 그래서일까, 나는 갈대보다는 억새를 더 좋아한다.

이 생각 저 생각에 잠겨 잠시 먼 산을 바라보았다. 그때 잔디광장 옆 순례자성당에서 성가 소리가 흘러나왔다. 마침 미사를 드리고 있는 모양이었다. 명자와 나는 가톨릭 신자여서 그 자리에서 바로 성호를 긋고 묵념했다.

한티 순교성지는 대구에서 북쪽으로 24㎞ 서쪽 가산과 남동쪽 주봉인 팔공산 사이에 위치한 해발 66m 넘는 심심산골이다. 박해를 피해나온 가톨릭 신자들이 교우촌을 이루며 산 곳으로, 이들은 모두 붙들려 희생당했다. 그들이 묻힌 곳에 성지가 만들어졌다. 지금은 피정의 집 개관 이래 30여 년 동안 전국의 순례자들이 모여들어 영적인 힘을 얻어가고 있다.

옛날 신나무골을 오가며 걸었던 '한티가는길'이 열리면서 도보순례자들뿐 아니라 일반인들의 발길도 꾸준히 이어지고 있다. 그 길은 속세에 얼룩진 짐을 내려놓고 가야 하는 성스러운 길이다. 산길을 굽이굽이 돌아서가는 곳이라 당연히 대중교통으로 방문하기는 힘들지만 각 구간 별로 대구에서 출발하는 버스가 있어 편하게 이용할 수 있다.

이곳저곳으로 흩어졌던 친구들과 다시 잔디광장에서 만났다. 은행나무 밑에 듬성듬성 놓인 벤치에 앉아 미리 준비해온 김밥과 간식거리를 펼쳐놓았다. 따뜻한 커피를 곁들이니 야외 카페 저리 가라였다. 성지에서 음식을 먹는 것이 처음에는 멋쩍었지만 성모님도 시장한 신자들의 여유를 허락하실 거라 믿었다. 늦가을 바람이 약간 서늘했지만 석양이 넘어갈 때 내뿜는 붉은 열정처럼 우리들 얼굴도 홍조를 띠었다. 초등학교 때 소풍 나온 기분이었다.

옥선이가 밥 먹다 말고 갑자기 일어나 나를 끌어안고 사진 찍자 하여 모두들 당황하다가 한바탕 웃음꽃으로 터졌다. 맞은편에 앉은 순이는 웃음을 그치지 않고 어딘가에 연신 손을 흔들어주었다. 모두들 의아해서 쳐다보니까 옛날에 자기가 짝사랑하던 옆집오빠가 생각나서라고 했다. '끌어안고'란 말에 뜬금없이 옛 추억이 살아난 것이리라. 키가 훤칠하고 친절한 그 오빠를 한번만이라도 꼭 끌어안고 싶었는데 말 한마디 하지도 못하고 있던 차에 그 오빠는 서울로 취직해 떠나고 순이는 맞선을 보고 바로 결혼했다. 그 말을 들으며 모두 손뼉을 쳐주었다. "너 그 유명한 아무개처럼 우물쭈물하다가 그 오빠를 놓쳐버렸구나" 하고 놀려대는 친구도 있었다. 나이가 들어서도 사랑이란 말에는 눈이 번쩍 뜨이는가보다. 그 열정이 아직도 숨어 있다니 그것이야말로 감동이었다. 그렇게 웃으면서도 이렇게 억새 우거진 이 길을 우리가 앞으로 몇 번이나 더 걸을 수 있을까 싶은 생각에 문득 가슴이 아려왔다. 거기 모인 친구들이 겉으로는 드러내지는 않았지만 순간순간 그것을 느끼고 있는 듯 보였다.

점심식사 후 순교자 묘역 십자가의 길을 몇 명이 가보기로 했다. 4년 전 나는 명일동성당 교우들과 이곳 피정의 집에서 멀어지는 봄을 바라보며 1박 2일 보낸 적이 있다. 그때는 십자가의 길에서 옛 성인들의 발자취를 실감나게 느끼려고 여럿이서 이른 새벽에 올라갔었다. 그 새벽, 우리 발걸음소리에 놀랐는지 자다가 깬 듯한 산새들이 푸드득 날아올라 덩달아 우리도 놀랐던 기억이 떠오른다. 올라가는 길옆에 작고 크고 기다랗고 둥글고 한 돌탑이 여럿 보였다. 그것은 무명 순교자들을 위해 만들어놓은 곳이다.

저녁식사를 마치고 피정의 집 뜰에 앉아 있으려니 산중이라 그런지 늦은 봄인데도 모기가 극성이었다. 그런데 그 모기가 다리를 물고 해도 왠지 싫지가 않았다. 분명 해충이고 전염될 위험이 있는데도 오히려 반갑다는 느낌이 더 들었다. 우리는 고향에서 만난 모기라서 친근감이 느껴진다고 너스레를 떨었다. 향수에 젖어본 사람이라면 그런 기분을 알 것이다. 이러한 생각을 하다보니 순교자 묘역이 즐비한 산 꼭대기까지 닿았다.

나는 묘역을 걸으며 만약 그 시절 그 자리에 내가 있었다면 어땠을까, 하는 생각을 했다. 나는 분명 그대로 도망치면서 배교를 하시 않았을까 싶다. 아무래도 목숨만큼 더 소중한 것은 없다고 생각했을

●

테니까. 지금도 그런데 그때라고 다를 것 같지는 않았다. 내가 엉뚱한 상상을 하는 사이 명자와 정숙이는 교우촌을 다녀왔다며 그곳 이야기를 해주었다. 멍석을 처마 밑에 매달아놓은 초가집이 여러 채 있고 공동 우물인 듯한 곳에 나무 뚜껑을 덮어놓았는데 으스스했다고도 전해주었다. 몇 년 전 내가 갔을 때도 그랬다. 그 시절 그 사람들이 얼마나 마음 졸이며 살았을까 생각하니 속이 불편했다. 엔도 슈샤쿠의『침묵』을 읽었을 때 기분과 크게 다르지 않았다. 종교를 향한 마음은 인종과 나라가 따로 있지 않다. 신앙의 힘은 죽음을 불사한다. 종교를 떠나 그들의 숭고함에 고개를 숙인다.

매년 7월이면 이곳 한티에서 성지순례 축제가 열린다. 이때에는 종교인은 물론, 종교와 상관없는 많은 사람들이 찾아와 피정의 집에서 며칠씩 묵으면서 자기 수양의 시간을 갖는다. 일반인들이 절에 가서 수련받으며 정진하는 템플스테이와도 같은 것이다.

팔공산을 끼고 있는 한티성지는 봄에는 진달래와 철쭉이 화사한 빛으로 물들고 여름에는 녹음이 우거져서 맑은 공기를 내뿜는다. 가을에는 억새길이 장관이고 겨울에는 그 모든 것들을 감싸안는 흰 눈에 감탄한다. 그래서 이곳을 찾는 이들의 육신과 영혼이 성스럽게 일치되는지도 모르겠다.

점심을 먹었는데도 금방 출출했다. 팔공산 아래로 내려가서 오리 백숙을 주문했다. 능이버섯을 넣어서 구수한 것이 별미였다. 친구

●

들은 급성신부전을 앓고 난 뒤로 신장 수치가 낮은 나를 배려해서 산채비빔밥과 칼칼하게 끓인 생선찌개집을 피하고 담백하게 먹을 수 있는 백숙집을 택했다. 괜찮다고 하는데도 기어이 그 집으로 정했다. 나는 미안해 죽는 줄 알았지만, 친구가 아니라면 이러기도 힘들 거란 생각에 그저 고마울 따름이었다.

눈 덮인 겨울에 한번 더 이곳에 와보고 싶었다. 모든 길을 다시 걸어보고 싶다는 생각이 간절했다. 흰 눈 쌓인 한티길을 걸으면 늙고 병든 몸 은혜를 받고 싶었다. 이러한 생각을 하다보니 앞으로 남은 인생길을 멋지게 정리하고 싶은 마음의 여유도 생겨났다. 지나온 인생을 돌아보니 무언지 모를 통회의 눈물이 나려고도 했다. 이모든 감정이 이곳 한티의 성스러움 덕분이었다.

나의 지인들은 우리 고향 친구 모임 이야기를 하면 하나같이 부러워한다. 팔순을 바라보는 이들이 어릴 적 친구와 이렇듯 오랫동안 교류를 하고 지내는 것이 큰 복이라고 말하는 이도 있다. 듣고보니 맞는 말이다. 찾아갈 고향이 있는 이들은 행복하다. 고향이 없다면 이런 모임이 가능키나 할까. 물 좋고 경치 좋은 내 고향에 이처럼 마음을 맑게 정화시킬 수 있는 '한티가는길'이 있어 모임이 지속된다고 믿는다.

계절마다 갈 수는 없어도 앞으로도 기력이 허락할 때까지 한해에 한번이라도 친구들과 한티길을 걸어보고 싶다는 생각이 간절해졌

●

다. 걸으면서 은혜도 받고 글감도 구상하고 싶어졌다. 거기 모인 친구들이 모두 같은 생각이었다.

이런 내 마음을 엿들었는지 하현달이 창문 틈으로 슬쩍 비집고 들어와 내 어깨를 토닥여주었다.

레지오장 장례미사

레지오장 장례미사에 참석하기 위해 아침 일찍 성당으로 갔다. 레지오장 장례미사는 레지오기도회 단원이 선종하면 해주는 미사이다.

미사가 시작하기 전 쁘레시디움 단장들이 단기를 들고 들어왔다. 나는 그것을 지켜보면서 가슴이 벅차오르는 것을 느꼈다. 천국 문이 열리고 천사들이 인도하는 대로 망자의 영혼이 행진하며 가는 것만 같았다. 또한 올림픽경기장에서 메달을 거머쥔 선수들 머리 위로 게양되는 태극기를 볼 때 그 느낌 그대로의 벅찬 감동이 울컥 올라왔다.

성가 소리에 고개 들고 앞을 바라보니 고인의 영정을 앞세우고 상복을 입은 부인과 상주들이 천천히 걸어들어왔다. 신부님의 향불 축성이 끝나고 고인을 위한 기도가 이어졌다. 고인은 폐암으로 오랫동안 투병하다가 저세상으로 떠났다고 한다. 무엇보다 64세의 많지 않은 나이로 떠났다는 게 안타까웠다. 발병하기 전까지 성당에서 봉사활동도 꾸준히 하고 신앙인으로 모범적인 삶을 사신 분이라고 모두들 입을 모았다. 레지오장으로 미사를 드리니 상주들은 마음이 평안하고 그에 따라 슬픔도 이겨냈을 것이라 믿는다.

나도 그랬다. 남편을 보냈을 때, 레지오장이 아닌 일반 장례미사를 드렸지만 마음이 그렇게 편안할 수가 없었다. 장례미사는 영세받은 사람만 하는 의식이라서 외인인 남편을 영세받게 하려고 신부님께 상의드렸다. 남편의 건강이 점점 안 좋아짐을 느끼면서 성경봉사자를 매주 목요일 집으로 오게 하여 준비시켰다. 정식으로 3개월은 공부해야 되는데 남편 건강문제로 1개월만 하고 휠체어를 타고 성당에 가서 영세를 받았다. 내가 남편에게 해준 것 중에서 이것이 제일 잘한 일이라 생각한다. 만약 영세를 받지 않고 저세상 갔으면 어땠을까 생각하면 마음이 복잡하다. 이 생각 저 생각하면서 제일 뒷자리에 앉은 내가 고인의 명복을 비는 동안 장례미사는 끝나고 영령회장의 흰 옷자락이 이끄는 대로 상주들이 장지로 가기 위해 떠나갔다. 고인을 위한 성가대의 노랫소리가 너무도 구슬퍼서 나도 모르게 눈물이 났다.

장례미사를 보는 동안 나의 신앙심이 아직 두텁지 못해서일까? 사후세계가 궁금한 게, 천국은 과연 있을까, 하는 의구심도 들었다. 지금쯤 고인의 영혼은 천국으로 가고 있을까? 아니면 연옥에 가서 보속을 받으려고 할까? 갖가지 생각이 떠오르는 것이었다. 그러나

●

놀라운 것은 외인들도 교우의 장례식장에 와서 연도하는 모습을 보면 마음이 평안해지는 느낌을 받는다고 했다. 특히 장례미사를 보고 나서 입교하는 이들도 더러 있다고 들었다. 신앙은 우리들에게 무한한 위로를 주는 신비스런 힘이 있는 것 같다.

나는 죽음이 피할 수 없는 인생길 종착지와 닿아 있다고 본다. 이 길을 굳이 무리하게 서두르지 말고 순리대로 나아갔으면 싶다.

장례미사가 끝난 텅 빈 성전에 앉아서 묵상에 잠겨본다. 골고다 언덕을 십자가 메고 외롭게 걸어가는 구세주의 모습이 내 마음속으로 파고든다. 망자를 전송하는 성가 소리가 들려오는 듯하다.

●

신심이 불타는 날

오늘은 내가 성당에서 견진성사를 받는 날이다. 견진성사란 영혼이 성인되는 의식이다. 말하자면 영혼성인식이다. 보통 영세를 받고 2년 안에 받는 것이 관례인데 나는 8살에 영세를 받고 76세가 되어 받으니, 67년 만에 하는 것이라 감회가 남달랐다.

이번에 견지성사를 받으려니 여러 생각이 물밀듯이 밀려온다. 신자 아닌 남편을 만나서 결혼했기에 조당이라는 틀에 묶여서 성당에 50년 이상 나가지 않았다. 60살이 넘어 관명혼배를 하고 조당을 풀었는데, 그때 신부님께서 "만혼이시네요" 하면서 웃으시던 모습이 생각나서 절로 부끄러운 생각이 들었다. 그 후에 중풍으로 투병 중인 남편 사후세계를 준비하고 싶어 영세를 시킬 계획을 세웠다. 3개월 교리공부를 해야 했지만 몸이 불편한 남편은 한 달 만에 영세를 주겠다 하여 받기로 했다. 영세받는 날, 휠체어를 타고 성당 대성전에서 남편 혼자만의 영세식을 하였다.

•

그날 나는 하늘에서 천사들이 내려와 나팔 불며 축복해주는 느낌을 받았다. 평소 술을 많이 마시고 방탕한 생활을 한 그를 구원해주었다는 생각이 들어 나도 모르게 안도의 한숨이 새어나왔다. 구구절절한 생각을 하다가 견진성사 주례하는 유경촌 주교님의 경건한 기도 말씀에 정신이 번쩍 들었다.

이번에 견진성사 받는 신자가 60명이었다. 모두 가슴에 예쁜 꽃을 달고 하얀 미사보를 쓰고 앉아 있는 모습이 너무 성스럽게 보였다. 그들의 머리 위로 밝은 빛줄기가 흘러내리는 것 같았다. 나도 며칠 전 마련한 새 미사보를 쓰고 앉아 있으려니 새로운 신심이 우러나왔다. 미사가 끝날 무렵 주교님께서 견진성사 받는 신자들 일일이 머리에 성수를 뿌리고 안수기도를 해주셨다.

대성전 안에 온통 성령의 힘이 넘쳐 흘러내리는 것 같아 두 손 모으고 눈을 감았다. 나의 견진성사를 축하해주려고 많은 분이 오셨다. 묵주 팔찌, 장미꽃 새긴 묵주, 성모님 상, 예수님 사진, 기도문 책자 등 기념 선물을 많이 받았다. 손녀는 꽃다발을 안겨주었고 예비 손주사위도 와서 축하해주었다. 가족들과 기념사진 촬영도 하였다. 큰아들은 베트남 사업장에 출장 가서 오지 못했지만, 카톡으로 축하문자를 보냈다. 나는 특히 유경촌 주교님께서 오셨기에 더욱 좋았다. 몇 년 전에 우리 명일동 성당에 주임 신부님으로 부임하였다가 일 년쯤 되어서 주교로 임명받아 가셨기에 그 감사함이 남달랐다.

견진 때 정하는 영혼 어머니는 절친 유글라라로 나의 대모님으로 모셨다. 이렇게 하고 보니 돌아가신 친정어머니 생각이 많이 났다. 나는 영세를 대구 계산동성당에서 받았는데 그때 어머니 나이가 30대에 있었다. 기념촬영으로 성당 마당에 있는 십자가상 앞에서 어머니와 남동생 이렇게 셋이 사진을 찍었다. 신부님 커다란 구두에 걸터앉아 찍은 내 모습이 우스꽝스러웠다. 사진 속엔 어머니와 남동생이 아직도 그 자리에 있는데 지금은 모두 천국 어느 하늘 아래 살고 있는지 가슴이 아려온다.

성가대가 부르는 아름다운 성가 소리에 정신이 들어 견진 대모 손을 잡고 자리에서 일어나 주교님 강복을 받았다. 저녁 늦은 시간에 하는 견진 교리공부를 받기 위해 4주 동안 다닌 결실을 보게 되어 기뻤다.

"하늘에는 영광, 땅에서는 평화" 성경 구절이 떠오르며 두터운 신앙심이 싹터 나오는 소리가 가슴에서 흘러나왔다.

모든 행사가 끝나고 축하객들과 함께 저녁식사를 하러 식당에 갔다. 음식 나르는 종업원들과도 눈인사를 나누고 싶은 충동이 일어났다. 모든 음식이 축복받은 것 같아 나는 성령의 은혜를 많이 받았구나 하는 생각이 들었다.

어둠이 내리는 십일월 하늘 위로 소리 없이 가을비가 내리고 있었다. 통회와 성찰이 오가는 나의 눈물비인지도 모르겠다.

●

기적의 성모상

차창 밖 펼쳐지는 전원 풍경이 반갑다. 가을걷이 끝낸 들판의 평화로움, 아침 안개 피어오르는 들녘, 먼 산에 번져가는 울긋불긋 단풍들의 향연을 즐기며 벅차오르는 희열을 느낀다.

오래 전부터 별렀던 충북 진천에 위치한 배티성지 순례길 가는 길이다. '배티'는 배나무고개라는 뜻이다. 배티성지는 천주교 박해 시대의 비밀 교우촌으로 최양업 토마스 신부님과 프랑스 선교사들의 활동거점이었다. 한국 천주교 최초의 신학교 설립지이며 20여 기 순교자들의 묘가 있는 순교자들의 땅이기도 하다. 이번에 배티성지를 찾는 이유는 기적의 성모상을 찾아가 아프고 지친 나의 몸과 마음을 치유받고 싶어서이다.

붉은 벽돌로 된 웅장한 성당 대성전 앞에 있는 성모상은 몸 전체에 구멍이 일곱 개나 뚫려 있었다. 한국전쟁 때 인민군이 쏜 총알 자국이라고 했다. 그런데도 성모상은 쓰러지지 않고 그대로 꿋꿋했다. 그렇기에 여기서 기도하면 더욱 치유의 기적이 이루어진다는

●

말이 전해진다.

　나의 몸에도 눈에 보이지 않는 총알구멍이 셀 수 없이 많아 성모님과 동병상련이라 여겨 이곳으로 찾아왔다. 성모님과 다른 점이 있다면, 나는 복잡한 감정과 아픔으로 뒤섞인 총알구멍일 때, 성모상에 난 구멍은 기적을 불러오는 치유의 힘을 가졌다고 보면 된다. 수십 년 전 고등학교 2학년이었던 친정 남동생을 열차 사고로 잃었을 때 가슴에 박혔던 첫 번째 총알 하나, 어린 나이에 결혼하여 남편의 사랑이 뭔지도, 갓 태어난 아기의 재롱이 뭔지도 모른 채 남편의 심한 술버릇으로 결혼생활이 어떤 것인지도 모르고 눈물로 밤낮을 보냈던 시간들. 한참 나이에 중풍으로 몸져누운 남편을 22년간 병시중을 들면서 가슴에 차곡차곡 멍들게 했던 몇 차례의 총알. 남편을 저세상에 보내고 긴장이 풀리면서 갑작스레 몰려온 내 몸의 이상신호는 병마가 쏘아올린 총알이라 해도 전혀 이상하지 않았다.

　유방암 수술이 끝나기 무섭게 무릎인공관절수술을 하였다. 암에 대한 공포에 떨면서도 절뚝거리며 통원치료를 하는 동안 어느 정도 괜찮아지나 했다. 시련은 끝나지 않았는지, 급성신부전이 와서 혈액 투석을 4개월간 받았다. 지독한 아픔으로 나의 가슴엔 크고 작은 구멍이 몇 개나 더 생겼다.

　이런 내 모습으로 성모상 앞에 서니 성모님의 상처가 전과 달리 더 가까이 느껴졌다. 나를 사랑으로 감싸안아주실 것만 같았다. 아직도 끝나지 않은, 나에게 날아오는 총알을 그분이 지켜보고 계실

●

것만 같았다. 보름 전 건강검진에서 유방에 다시 문제가 있다며 조직검사를 해보자고 연락이 왔다. 결과를 기다리는 나는 성모님 앞에서 제발 양성이기를 빌고 있다. 기적의 성모상 옆에 있는 기원 촛불함에 내 몸에 박힌 총알을 빼달라고 두 개의 촛불을 켜놓았다. 간절한 기도를 성모상 앞에서 하고 나니 기적의 은혜가 내린 것 같이 마음이 가벼워지는 느낌이었다.

함께한 일행이 멀지 않은 곳에 초평호 탐방로가 있다며 산책을 가자고 했다. 기분전환 겸 따라나섰다. 호수라고 하기에는 크기도 크고 길이가 어찌나 긴지, 마치 강처럼 넓고 방대해 보였다. 수변 탐방로는 내가 좋아하는 오솔길이었다. 길에는 온통 낙엽이 쌓여 있고 옆으로 내려다보면 호수의 푸른 물결이 꿈꾸듯이 흐르고 있어 어느 그림 속을 걷고 있다는 느낌이 들었다. 탐방로를 끝까지 갔다 오는데 두 시간 가까이 걸린다고 하여 나는 중간에 있는 쉼터 벤치에 앉아 쉬기로 했다. 일행을 기다리는 동안 호수를 내려다보며 10월의 정취를 즐기는 것도 가을을 느끼는 방법이었다.

배티성지 순례를 잘 왔다고 생각하면서 호수 위 잔물결을 바라보는데, 기적의 성모상에 박힌 총알구멍이 크게 클로즈업되었다. 벌써 치유의 은혜가 내리는 듯했다. 마음이 아프고 초조할 때 글을 쓰면 치유효과가 있어 좋을 거라는 목소리가 들리는 것도 같았다. 유방 조직검사 결과를 기다리는 요즘, 너무나 불안했는데 이곳에 와서 기도한 덕에 마음이 한결 가벼워졌다. 내 마음에 박힌 총알구멍

●

이 메꾸어지는 은혜가 내렸나 싶었다.

　믿음이 있어서일까, 그날의 배티성지 순례길은 나에게 마음의 평화를 가져다주는 성스러운 길이었다.

●

아들의 효심

거실 한 켠에 걸려 있는 가족사진 앞에 서 있다. 2년 전 나의 칠순 파티를 워커힐호텔 뷔페에서 마치고 돌아오는 길에 찍은 사진이다. 사진 속 남편은 행복한 모습으로 웃고 있다.

"아버지의 영정사진을 찍어둬야겠어요."

평소 그런 말을 꺼내지도 않던 아들이 그날은 어쩐 일로 우리를 자연스럽게 사진관으로 데려갔다. 아들은 남편의 영정사진을 찍으면서 나에게도 찍으라고 제안했다. 장난기 많은 아들인데 너무도 진지하고 점잖아서 나조차 실없는 농담을 건넬 수가 없었다. 썩 내키지는 않았지만 남들도 미리 찍어둔다는 말을 들었기에 멋쩍게 카메라 앞에 가서 앉았다. 그 뒤 장례식장에서 흰 국화를 두른 남편의 영정사진을 보고 아들이 정말 좋은 일을 했다는 믿음이 섰다. 진정한 효심이란 이런 사소한 일에서부터 우러나는 것이 아닌가 싶었다.

내가 딸이 없어 서운하다고 할 때마다 주위에서는 열 딸 부럽지 않은 며느리와 아들이 있지 않느냐며 면박을 주었다. 하지만 줄곧 나에게 잘하는 애들이기에 특별하다는 생각은 하지 않고 지냈다.

양쪽 다리 인공관절수술을 하고 나서 요즈음 통증 없이 잘 걷고 다니다보니 수술을 시켜준 아들 내외가 너무나 고맙다. 사랑은 내리사랑이라고들 하지만 우리내외는 자식들한테 치사랑을 받고 있었다. 늙어서 몸이 아프면 자식들 고생시킨다는 말이 그냥 나온 말이 아니란 걸 나이 들면서 절실히 느낀다.

2015년 5월에 건강검진을 마치고 날벼락 같은 연락을 받았다. 뜬금없는 유방암 진단으로 아이들에게 면목이 없었다. 그해 메르스가 한창이던 때라 아들은 더운 여름에 마스크를 한 채로 나를 데리고 이 병원 저 병원 종종걸음을 쳤다. 7월에 아산병원에서 수술을 받고 아들 내외의 정성으로 지금은 건강을 되찾았다.

나의 투병 이야기는 우리 집에서는 아직 서막에 불과하다. 남편은 20여 년 전에 갑자기 뇌졸중이 왔다. 지금은 아들이 자수성가하여 사업을 안정되게 하고 있지만 그때는 갓 취업한 사회 초년생이었는데도 제 아버지를 모시고 대학병원과 한의원을 뛰어다니며 지극정성으로 간병했다. 그 결과, 2년이 지나고부터 언어장애가 70% 정도로 풀렸고 꾸준한 재활운동을 통해 지팡이에 의존하지 않고 걸어다닐 수 있을 만큼 보행장애도 크게 개선되었다. 며느리가 해주는 건강식 덕에 겉으로 보기에는 당뇨와 뇌졸중 환자로 보이지 않았다.

●

236

그러나 오랜 투병생활 끝이라 면역력도 떨어지고 모든 기관이 쇠약해져 합병증을 달고 살았다. 노인에게 위험하다는 폐렴도 찾아왔다. 중환자실에서 한 달 동안 인공호흡기를 달고 연명하다가 기적적으로 상태가 호전되었다. 일반병실인 1인실에 남편을 모셨지만 대학병원에서는 장기투병환자는 2달 이상 입원이 불가하다고 했다. 이에 병원에서 추천해주는 요양병원으로 옮기게 되었다. 집으로 모시고 싶었지만 가래를 자력으로 뱉을 수 없었기에 기계에 의존해야 했다. 자칫 음식물이 기도로 들어갈 수 있어 배 밑에 호스를 끼워 영양죽을 공급 중이었다. 여러 이유로 요양병원에 모실 수밖에 없었다.

그때의 애달팠던 심정은 이루 말할 수가 없다. 아들은 바쁜 중에도 틈틈이 병원에 들러 남편을 위로했다. 사위어가는 아버지를 보고 올 때면 간병인들에게 섭섭지 않은 대우를 하면서 아버지를 부탁했다. 8개월여 입원생활 동안 알부민 등 영양제와 수혈을 할 때도 불편하지 않도록 지켜주어 편안히 임종을 맞이하도록 도와드렸다.

남편의 마지막을 지키는 나에게 아들 내외는 커다란 버팀목이 돼주었다. 떨리는 내 손을 잡아주며 품에 안아주었고 외롭지 않도록 다독여주었던 내 아이들. 살아 생전에 성당에서 영세를 받은 남편의 영혼을 위해 눈물을 삼키며 성모송 기도를 두 손 모아하는 자식들을 보니 너무나 고마웠다. 장례식 날 대리석으로 둘러싸인 묘원의 봉우리를 멀찍이 바라보았다. 조문객들과 친지들은 남편이 자녀

●

237

들의 효도를 받으면서 떠났으니 행복할 거라고 했다. 손녀와 손자들도 제 부모를 본받아 조모인 나를 지극정성으로 받든다.

주변 지인들의 칭송을 듣고보니 이 시대 효의 귀감이 된 듯 자부심을 갖는다.

흐르는 시간, 머무는 마음

한복용/수필가·문학평론가

1. 그리움이 아직 살아 있다면 가족은 우리 안에 머문다

산업화, 도시화, 개인주의의 심화 속에서 가족의 틀은 점차 느슨해졌다. 이혼과 단절, 가정폭력, 돌봄의 부담 등은 가족의 기능을 시험대에 올려놓았고 노년의 외로움과 세대간 갈등은 인간관계의 균열을 사회적 문제로 확장시켰다. 가족이라는 울타리는 더 이상 안전한 공간이 아니며 고립과 상처의 무대이기도 하다. 그럼에도 우리는 여전히 가족이라는 단어를 부른다. 그 안에서 부딪히고, 돌이키고, 기대며 살아간다.

해체와 재구성 사이에 선 현대 가족의 풍경은 문학에 새로운 질문을 던진다. 문학은 이제 가족이라는 가장 일상적이며 가장 사적인 관계 속에서 인간 본연의 고독·연대·회한, 그리고 사랑을 정직하게 마주하도록 만든다. 그 과정에서 우리는 본능처럼 되묻는다. "나는 누구이며, 어디에 속해 있는가?"

●

손준식의 수필은 이런 질문에 조용히 답한다. 그의 글은 거창하지 않으나 담담한 문장의 결 속에 세월을 품은 감정의 밀도와 관계의 진실을 담고 있다. 병상에서 남편을 지키던 시간(「남편과 술」)과 손주의 어린 손을 잡고 걷던 길(「그 나물에 그 밥」) 그리고 어머니의 기도를 따라갔던 삶의 강가(「엄마의 기도」)가 그렇다. 이런 장면들은 '가족이란 무엇인가'를 묻는 동시에, 삶이란 무엇인가를 함께 생각하게 한다.

손준식 첫 수필집 『시간을 담은 노트』는 시간을 응시하고 정서로 기록하는 문학적 노트이다. 그의 작품은 각각의 순간들을 붙들고 기억의 닻을 내린다. 이는 시간은 흘러가지만 글은 머문다는 문학의 본질이다. 글 속에 드러난 장면들은 독자의 기억과 맞닿으며 공통의 체험으로 전환된다. 작품은 개인의 내밀한 기억을 사회적 감각으로 확장시키는, 조용하고 단단한 힘을 지니고 있다.

가족의 정의가 흐려지는 시대, 손준식의 수필은 우리에게 말한다. 삶이 흘러가도 어떤 마음은 머물러 있다고. 우리가 다시 누군가를 떠올릴 수 있다면, 그리움이 아직 살아 있다면, 가족은 해체된 것이 아니라 새로운 방식으로 우리 안에 머물고 있다는 것을. 그의 수필이 바로 그 증거이다.

2. 손준식 수필은 슬픔을 봉합하고 동시에 정서적 안식을 준다

손준식의 수필에서 가족의 역사가 잘 드러난 작품은 「엄마의 기도」이다. 엄마의 기도는 작가의 엄마가 작가를 위해 드리는 기도이며 작가가 남편과 자녀를 위해 드리는 기도이기도 하다.

"나는 그날 이후로 남학생들이 하복을 입고 지나가는 것만 봐도 가슴이 내려앉았다"는 깊은 상실의 충격과 그 여진 속에서 살아가는 가족의 고통을 압축적으로 담고 있다. 남학생의 하복은 그 사건, 즉 남동생이 사고를 당한 바로 그날의 정황적 단서이며 그 옷차림 하나가 사건 전체를 회상시키는 감각의 방아쇠로 작용한다. 평범한 일상적 장면조차 그 사람을 상기시키는 '감각의 고리'가 되어 계속해서 심장을 짓누른다. 이는 단순한 '눈물'이나 '그리움'이 아닌 신체적인 반응, '가슴이 내려앉는' 식으로 나타나며 트라우마의 신체화된 증상이다.

"어머니는 기차소리가 들리지 않는 곳에서 살고 싶다고 날마다 통곡했다"는 단순히 장소의 변화에 대한 요구라기보다 기차소리에 새겨진 '사건의 잔상'이 삶 전체를 뒤흔들고 있음을 보여준다. 기차는 죽음을 운반한 존재, 또는 죽음을 암시하는 매개물이며, 소리조차 그 공포를 되살린다. 어머니의 통곡은 감정의 발산이자 현실 부정의 언어이며, 슬픔의 의례화이다. '기차소리가 들리지 않는 곳에 살고 싶다'는 말은 현실적으로는 불가능해도 마음의 지진이 그토록 강렬했음을 말한다.

작가가 겪은 고통은 가족 전체의 아픔이다. "어둡고 괴로운 마음의 터널을 우리 친정 식구들이 어떻게 지나왔는지, 생각만 해도 까마득하다"는 그것이 집단적 고통임을 드러낸다. 터널은 흔히 상실과 고통의 비유로 쓰이지만 여기서 더 중요한 것은 "기억이 까마득하다"는 대목이다. 이는 고통이 너무 커서 기억의 일부가 잘려나간 듯한 상태를 뜻한다. 생생히 기억나는 장면이 있는가 하면 고통 때문에 오히려 희미해지는 시간이 있는 것처럼. 이 문장은 '그 시간의 흐름이 어땠는지조차 감을 잡을 수 없는 상태', 곧 트라우마 이후에 일어나는 기억의 단절을 묘사한다.

이 장면은 손준식 수필집 전체에서 '가족이란 무엇인가'를 보여주는 중요한 정서적 전환점 중 하나이다. 죽음과 고통을 함께 통과한 이들이 가족이며 그 아픔을 기억하고 공감하며 버틸 유일한 울타리이자, 살아남은 자들의 이유가 되기도 한다는 점에서 그렇다.

「엄마의 기도」에서 "남편 산소 묘비에는 '주님, 평화를 주소서'라고 적었다. 그 밑에 '유인극 베드로, 손준식 안젤라'라고 써놓으니 마음이 편안했다. 나는 아직 살아 있으나 남편이 외롭지 않도록 이름만이라도 같이하고 싶었다"고 한 부분과 "한평생 오로지 사랑과 소망으로 키워온 아름드리 송림 같은 내 분신의 숲. 그 숲에 한줌 밑거름되어 더 울창한 밀림을 이루는 그루터기로 살게 해달라고 오늘도, 내일도 주님과 성모님께 기도드린다"는 죽음 이후의 세계와 남겨진 삶의 방식, 믿음과 사랑이 교차하는 방식을 깊고 조용하게 보여준다. 이 짧은 문장 안에 '삶과 죽음', '신앙과 연대', '사랑과 외로움'이 복잡하게 교직되어 있다.

●

작가에게는 죽음 이후에도 함께이고 싶은 사랑의 지속성이 있다. 다른 작품에 적힌 "나는 아직 살아 있으나 남편이 외롭지 않도록 이름만이라도 같이하고 싶었다"(「남편과 술」)가 그것이다. 이 문장은 단순한 로맨틱함 이상의 정서적 무게를 지닌다. 작가의 결혼생활은 이 책 다른 작품에서처럼 결코 평탄치 않았다. 술로 얼룩졌던 나날, 병으로 인한 긴 간병의 시간들. 하지만 모든 상처와 고단함이 '함께 해온 시간의 무게'로 녹아들어 죽음 앞에서도 관계를 이어가고 싶은 사랑으로 다시 발현된다. 이때의 사랑은 살아남은 자가 품는 책임감 섞인 연민과 깊은 정서이다.

작가는 "남편 산소 묘비에는 '주님, 평화를 주소서'라고 적었다", 이것은 기독교적 신앙의 언어이면서 동시에 고인을 향한 마지막 기도이자 축복이다. 병마로 고생했던 남편이 죽음 뒤에는 고통 없이 평화롭기를, 이승의 고단한 굴레를 벗고 안식을 얻기를 바라는 심정이 이 기도로 수렴된다. 신앙의 언어로 고통의 종결을 선언하는 이 순간, 작가는 인간의 사랑만으로는 도달할 수 없는 '절대적인 평화'를 신에게 의탁한다.

이어지는 이름의 병기併記, '유인극 베드로, 손준식 안젤라'는 영혼의 짝을 이루는 천상의 서약처럼 보인다. 이름 아래 영세명까지 적는 이 행위는 이승과 저승을 잇는 가족의 종교적 서사를 완성하는 장치이며 작가의 존재론적 신념과도 맞닿아 있다. 그것은 신앙 속에서 완성되는 가족의 초월적 연대이다.

●

"그 밑에 '유인극 베드로, 손준식 안젤라'라고 써놓으니 마음이 편안했다." 이 문장에서 핵심은 "마음이 편안했다"는 감정이다. 아직 살아 있으나, 자신의 이름을 묘비에 새긴다는 것은 매우 상징적이다. 이는 자신의 죽음을 받아들이는 태도이며, 남편의 외로움을 보듬는 마지막 예禮이다. 병기는 사랑의 선언이자 종말의 대비를 품은 자아의 선언이기도 하다. 한편, '이름만이라도 같이하고 싶었다'라는 문장은 남편이 살아 있을 때는 차마 누리지 못한 감정의 복권復權으로도 읽힌다. 젊은 시절 무수한 갈등과 인내, 가족을 위한 희생의 삶이 '죽음 이후의 평등한 명기名記'로 보상받는 듯한 이 장면은 작가 자신에게도 위로와 화해의 제의가 된다. 나아가 남편 곁에 자신의 이름을 새긴 작가의 선택은 고통의 삶을 하나의 이야기로 수렴하려는 태도이다.

「엄마의 기도」는 손준식 수필집이 가진 문학적 깊이를 압축적으로 보여주는 대표 작품 중 하나이다. 그것은 삶의 고통과 죽음의 불가해함, 사랑과 종교, 회한과 구원의 정서를 한데 아우르는 치열하고도 고요한 문장이다. 동시에 작가의 '기도'는 가족을 떠나보내고도 마음속에서 함께 살아가는 삶의 태도, 언젠가 닿게 될 또 하나의 이별을 준비하는 자세이다.

3. 슬픔은 가족 간의 정서적 분담을 통해 치유될 수 있다

손준식 수필에서 가족을 드러내는 또 다른 작품은 먹이를 나르는 참새와 자신의 어머니 모습을 나란히 배치한 「모성애」, 할머니인 자신과 자신을 키운 할머니를 기억하는 「할머니의 치맛바람」, 아들 회사에서 만든 배낭이 모티브가 된 「배낭을 메고서」, 아버지를 향한 아들의 마음이 그대로 드러난 「아들의 효심」 등이다.

전통적 의미에서 '효'는 부모에게 절대적 복종과 희생을 요구하는 유교적 윤리로 간주되었다. 이 글에서 드러나는 '효심'은 단순히 효행의 외형을 따르는 것이 아닌 섬세한 감정과 세심한 배려가 녹아있는 실천적 정서이다. "아들은 바쁜 중에도 틈틈이 병원에 들러 남편을 위로했다"라는 문장은 단순히 병문안을 다녔다는 의미를 떠나 병상의 아버지를 하나의 '존엄한 존재'로 끝까지 대하며 정서적으로 곁을 지켰다는 의미로 확장된다. 아버지라는 존재를 죽음의 끝까지 '위로'하며 바라보는 태도는, 진정한 효심이란 정성과 공감이 함께하는 돌봄의 태도임을 밝힌다. 그것은 '감성의 실천으로서의 효'라는, '효심'의 현대적 재해석이다.

아들은 "간병인들에게 섭섭지 않은 대우를 하면서 아버지를 부탁했다"는 문장은 현대사회의 가족이 병원을 통해 죽음을 맞이해야 하는 현실을 정직하게 반영한다. 가족의 돌봄이 전통적인 '집안에서의 임종'이 아닌 병원 시스템 속에서 이뤄져야 하는 오늘날, 간병인과의 협력적 돌봄 구조 속에서도 인간적인 예우를 다하려는 태도는 주목할 만하다. '아들의 효심'은 단순히 감정적 연민을 넘어 죽어가는 사람의 존엄을 지키려는 배려와 사회적 책임감의 의식적 실천임을 보여준다.

"떨리는 내 손을 잡아주며 품에 안아주었고 외롭지 않도록 다독여주었던 내 아들"은 어머니의 입장에서 본 아들의 정서적 역할 변화이다. 정서적 돌봄은 딸과 며느리 같은 여성의 역할로 기대되지만 이 수필에서는 아들이 어머니의 손을 붙잡고 안아주며, 다독이는 장면으로 이어진다. 아들은 효자이기 이전에, 위로하는 동반자, 어머니의 마음까지 보듬는 보호자이다. 이는 전통적 남성 역할에 기대되지 않던 감성적 서사를 만들어내며 '효'라는 개념이 서로가 서로를 감싸는 수평적 연대의 감정일 수 있음을 암시한다.

그러므로 이 작품은 아들의 효심을 찬양하는 내용에 머물지 않는다. 죽음을 둘러싼 가족의 마음가짐, 관계의 정리, 살아남은 자들의 품격 있는 자세이다. 죽음이라는 절대적 사건을 둘러싸고 사랑과 배려, 책임과 슬픔이 교차하는 장면, 그곳에서 '효'란 단지 '부모에게 잘하는 것' 너머의 한 인간의 마지막을 함께 살아주는 용기 있는 사랑임을 알 수 있다.

4. 손준식은 수필 형식을 통해 기억의 장소를 만든다

수필집『시간을 담은 노트』는 '가족'이라는 관계를 통해 시간의 흐름을 체감하고, '글쓰기'를 통해 그 흐름을 기억과 의미로 전환하는 독특한 문학적 공간을 형성한다. 그의 수필 속 가족은 과거에 머물러 있지 않고 기억 속에서 생생하게 살아 움직인다. 남편은 병상에서 점점 약해지고 손주는 유모차에서 자라 학교에 간다. 어머니는 기도 속에서 점점 흐려지다 결국 부재의 상징이 된다.

손준식의 글쓰기는 단순히 과거를 회고하는 것으로 머물지 않는다. 그것은 기억이 사라지는 것을 두려워하고, 그것을 붙들어두기 위한 시도이자 의식적 저항으로 나타난다. 병상의 아버지를 간병하는 아들과 화자의 어머니 모습은 지나간 사실(「아들의 효심」)이지만 그 장면을 기록함으로써 사랑과 헌신은 현재형으로 되살아난다. 이때 '기록'은 단순한 정보의 저장이 아니라 정서적 복원이며 감정의 재현이다.

시간은 모든 것을 흘려보내지만 글은 그 가운데 붙들 가치가 있는 것들만을 되살려놓는다. 손준식은 글을 통해 '한마디 말', '손을 잡아주던 느낌', '눈물의 무게' 같은 가족의 어떤 순간들을 기억의 심연에서 건져올려 문장의 수면 위에 배치한다. 글쓰기를 통해 시간을 머물게 하며 시간은 기억의 현재형으로 우리에게 말을 건넨다.

나아가 그의 기록은 개인의 것이면서 동시에 공동체적 기억이 된다. 이것은 인간이 기록하는 이유이며 '기록의 미학'이 가지는 문학적 힘이다. 이런 글쓰기 방식은 기억을 사유화하지 않고 타인과 공유 가능한 감정의 장으로 전환시킨다.

가족은 시간에 따라 물리적으로 멀어지고, 감정적으로 상처 입고, 어떤 이는 죽음으로 사라진다. 하지만 그 변화를 의미 있게 만드는 것은 기록의 존재다. 그의 수필은 그 지점에서 빛을 발한다.

작가는 남편의 고된 술주정과 그로 인한 삶의 피로를 써 내려가지만 결국 그를 그리워하며 "이제는 그마저도 그립다"(「남편과 술」)라고 고백한다.

이는 과거의 고통과 현재의 그리움이 감정적으로 이어지는 순간이다. 이 연결을 가능케 한 것이 바로 '기록'이다. 손준식의 수필은 관계의 파편을 의미화하는 문학적 도구로써 기록의 본질을 보여준다.

메를로 퐁티는 인간의 기억은 언제나 '몸'과 '관계' 속에서 형성된다고 했다. 그의 기억은 혼자가 아니다. 가족이라는 관계망 안에서 작동하며 그 속에서 의미화된다. 즉, 기억은 '나'의 것이지만 그 기억이 살아 있으려면 반드시 '우리'의 문맥 속에 놓여야 하는 것이다. 이런 글들은 하이데거의 표현대로 인간이 "세계-내-존재로서의 존재"임을 다시 확인시키는 계기이다. 우리는 언제나 관계 속에서 존재하며 그 관계를 통해 자신의 실존을 드러낸다. 또한 손준식의 수필은 "기억과 서사의 관계를 설명하며, 개인의 기억이 '이야기화'될 때 역사로 전환된다"는 리쾨르의 말과 함께하며 그 과정을 보여주면서 삶의 기억들을 이야기로 엮어 시간과 관계를 재구성한다.

작가는 손주의 사소한 말투, 병상에 누운 남편의 눈빛, 어머니의 장례식에서 들었던 바람소리를 기록함으로써 단절된 기억을 하나의 흐름 속에 녹여낸다. 그 순간, 기억은 더 이상 고립된 감정이 아니라 세대를 잇는 '가족서사'의 일부가 된다. 이것이 수필의 힘이고 개인의 삶이 공동체의 역사로 전환되는 문학적 방식이다.

피에르 노라는 '기억의 장소'라는 개념을 통해 기억은 물리적 장소가 아니라 의미의 장소에 머문다고 했다. 손준식의 수필 속 '글'은 그런 의미에서 기억이 머무는 장소이자 가족이라는 관계가 존재했음을 증언하는 언어의 공간이다. 각 작품들은 각각의 장면을 정지시키고, 그 순간을 고정함으로써 우리의 감정이 다시 그 시간으로 돌아가도록 하는 문학적 장소로 작동한다. 가령, '식혜 한 사발'이나 '보라색 모자를 쓴 노년의 초상' 같은 장면은 사라진 일상이 아니라 관계가 남긴 정서적 잔광을 담아내는 의미의 장소가 된다.

5. 손준식 수필의 유머는 고통을 순화하는 존재의 기술이다

손준식 수필에서 드러나는 또 다른 개념은 '유머'이다. 이 작품집에서 유머는 고통을 감당하는 존재의 방식이다. 니체는 "인간은 유머를 통해 삶의 무게를 가볍게 만든다"고 했고, 베르그송은 유머를 "삶의 경직성을 풀어내는 창조적 행위"라고 해석했다. 이런 맥락에서 볼 때 손준식의 유머는 특히 노년기·간병·가족갈등처럼 무겁고 감정적인 주제를 버틸 수 있게 하는 정서적 완충지대로 작용한다. 작가는 마트에서 넘어져 눈가에 시퍼런 멍이 들었을 때조차 멍을 가리기 위해 쓴 "선글라스가 낮은 콧등을 타고 흘러내려 어느 장단에 춤을 춰야 할지 정신이 없었다"(「내 이럴 줄 알았지」)고 적는다. "어머니, 팬더곰이 되었네요" 하는 며느리의 농담도 수치심과 노화의 현실을 자기풍자적으로 유머화하면서 그 감정을 '웃긴 이야기'로 승화시키는 기술이다. 이때의 유머는 자기기만이 아니다. 존재의 균형을 잡는 사유의 방식이며 삶을 스스로 재해석하고 수용하는 철학적 태도이다.

또한 손준식 수필에서 유머는 수직적 권력관계를 수평화하는 장치이다. 그에게 유머는 사회적 위계와 억압적 구조를 중화시키는 수단이다. 특히 여성의 삶, 어머니의 역할, 시어머니-며느리의 갈등, 간병의 책임 등은 모두 사회적으로 여성에게 과잉 배분된 돌봄노동과 관련된다. 그러나 손준식은 이 구조를 고발하거나 분노로 폭로하지 않고 유머를 통해 그 구조를 상대화하고 권력의 긴장을 완화시킨다.

"드라이클리닝 값만 해도 월급쟁이 봉급"(「남편과 술」)이라는 표현으로 억압적 상황을 웃음으로 비틀며 사회적 비극을 일상의 농담으로 치환한다. 이 과정에서 고통은 무화되는 것이 아니라 다시 살아갈 수 있도록 감정의 무게를 재조정한다. 이 유머는 '힘 있는 자의 농담'이 아닌, 약자의 지혜로운 생존방식이며 억눌린 목소리를 스스로의 언어로 해방하는 방식이다.

손준식의 유머는 가족 구성원 간의 감정적 갈등을 조율하고 회복하는 도구이다. 유모차를 끌고 다니던 자신을 "젊은 엄마로 환생했다"고 표현함으로써, 돌봄을 재난이 아닌 유쾌한 전환점으로 포착한다. 유머는 이렇듯 관계를 무너지게 하지 않고, 회복하는 방식의 감정적 기법으로 작동한다. 그것은 일종의 관계의 윤리학인데, 손준식 수필에서 유머는 가족이라는 긴장된 장치를 유연하게 만드는 윤리로 작동한다.

유머는 시대의 징후를 드러낸다. 손준식 유머는 그 자체로 세대 감각과 시대정신을 반영한다. 그의 수필에는 노년 여성으로서의 사회적 위치, 전통적인 가족 구성의 붕괴, 과잉돌봄 노동에 대한 시대적 단면이 고스란히 녹아 있다. 이 상황 속에서의 유머는 사적인 것이 아니다. 그 시대를 살아낸 여성들의 공통 언어로 기능한다.

그가 반복적으로 보여주는 '며느리와의 관계', '시댁에서의 피로감', '어머니로서의 감정노동'은 사회적으로 침묵되기 쉬운 영역이지만 유머의 형식으로 서술될 때 공감과 공유가 가능한 사회적 서사로 전환된다. 유머는 사회적 억압을 고발하지 않지만 그 억압의 양상을 '보이게' 함으로써 사회학적 투명성을 확보하기 때문이다. 웃음은 웃어넘길 수 있는 이야기지만 그 웃음 속에는 억눌린 말들이 함축되어 있다. 손준식의 수필은 고통을 억제하거나 은폐하지 않고 오히려 고통을 끌어안는다. 그 고통 위에 꽃처럼 피어나는 웃음이 유머이다. 철학적으로 보자면 손준식의 유머는 실존적 역설의 표현이다. 사회학적으로 보자면 그것은 개인의 정서가 시대의 구조와 맺는 관계를 은유적으로 드러내는 기호이다. 문학적으로 보자면 그것은 정서의 윤리를 실현하는 수필의 미학이다.

6. 삶을 정리하고 감정을 되새기며 존재의 의미를 되짚다

이 수필집의 표제작 「시간을 담은 노트」는 손준식 수필집 전체를 가로지르는 주제, 시간과 기록, 존재와 기억, 자기돌봄의 글쓰기를 가장 집약적으로 담아낸 작가적 자의식의 선언문이자 삶에 대한 문학적 고백이다.

이 수필은 "오래된 노트를 펼친다"는 한 문장에서 시작된다. 이것은 단지 노트를 펴는 동작이 아니라 기억을 소환하고 시간의 궤적을 다시 걸어가는 의식의 문을 여는 장면이다. '진한 잉크 냄새'라는 촉각적 이미지, '한 줄 시로 시작된 기록'이라는 문장은 삶의 정체를 감각적 언어로 붙잡으려는 문학적 열망을 드러낸다. 여기서 노트는 단순한 기록물이 아니라 시간이 응고된 장소이다.

'시'로 시작한 작가가 수필로 전환한 것은 단지 장르의 이동이 아니라 감정의 농축으로부터 삶의 서사화로의 확장을 의미한다. "수필을 쓰면서 나의 보폭은 느긋하고 여유로우며 느슨한 걸음걸이로 적당해졌다"는 수필이 삶을 달리는 것이 아니라 걷는 장르임을 자각하는 순간이다. 시가 감정의 번뜩임이라면 수필은 감정의 여운을 풀어내는 장르이다. 손준식은 여기서 삶의 고비마다 정지해 뒤를 돌아보며 서정에서 서사로 건너가는 작가로서의 성장을 보여준다.

"가슴으로만 묻었던 이야기들이 나의 노트에 한 땀씩 수놓아졌다"는 표현은 글쓰기가 단지 기록의 기능을 넘어 감정의 정돈과 해방을 위한 수단임을 명확히 보여준다. 이 수필은 글쓰기 자체가 작가에게 내면의 이완과 자기돌봄의 실천임을 강조한다. 말로는 하지 못했던 응어리들, 눈물로는 다 쏟지 못했던 외로움은 결국 한 자 한 자 글로 풀리며 '색채'가 되고 '형태'가 된다. 글쓰기는 이처럼 감정의 변환장치로 작동하며 언어는 통증에서 의미로의 이행 경로가 된다. 나아가 이 수필은 단순한 회상이나 감정의 해방에서 그치지 않는다. 이 글 중반 이후 작가는 자신의 삶을 성찰하며 삶의 윤리적 구조를 정리한다. "나는 총량의 법칙을 믿는다", "절반의 성공도 누군가에겐 완성"이라는 표현은 삶에 대한 성실한 태도와 수용의 미학을 드러낸다. 이런 태도는 단지 개인의 자긍심이 아니라 삶을 하나의 노트처럼 성실하게 채워온 사람만이 도달할 수 있는 관조의 경지이다.

또한 이 수필에는 삶에 대한 너그러운 시선과 유연한 자기 수용이 배어 있다. "삐뚤빼뚤, 힘이 빠진 펜글씨가 진지하다", "고르진 않아도, 어차피 살아가는 일상은 다를 테니, 나는 다 그러려니 한다"는 구절은 글의 결처럼 굽이진 삶을 미워하지 않는 정서적 관용의 언어이다.

따라서 이 작품은 손준식이라는 인물이 왜 글을 쓰는지를 가장 잘 보여주는 수필이다. 그녀는 잊히지 않기 위해 쓰는 것이 아니라 삶을 정리하고, 감정을 되새기며, 존재의 의미를 되짚기 위해 쓴다. 그래서 이 수필은 하나의 선언이다.

"나는 나의 노트에 나의 삶을 온전히 담았다. 그 노트는 곧 나 자

●

신이다."

7. 시간은 흐르지만 글은 기억을 살린다

손준식 수필집은 시간의 미학이며, 한 여성의 일생을 따라가는 문학적 시간의 아카이브이다. 수필은 소설처럼 인위적 플롯이 있는 장르가 아니다. 수필에서 시간은 사건의 흐름이 아닌 기억의 흐름으로 구성된다. 손준식의 수필에서도 시간은 회상과 현재가 교차하는 순환적 시간에 가깝다. 과거는 단순한 회고가 아니라 현재의 감정과 사유를 형성하는 토대로 작용하며, 이는 기억 속에서 살아 숨쉬는 시간이다. 아우구스티누스는 시간을 두고 한 형상이 다른 형상으로 바뀌는 사물의 변화로 이루어진다고 했는데, 손준식에게 시간은 온축된 기억이다. 그 안에는 어린 시절의 그리움, 남편과의 갈등, 자식에 대한 애틋함, 노년의 체념 등이 깊숙이 스며 있다.

그녀는 글 안에서 과거의 사건을 끄집어내며 그때의 감정과 지금의 자신을 나란히 놓는다. 「그 나물에 그 밥」의 유모차 육아기, 「남편과 술」의 중년의 고통, 「엄마의 기도」의 유년의 상실, 「두 아들 이야기」의 양육기 등은 모두 삶의 단계별 순간들로 구성되어 있어 수필집 자체가 하나의 인생 연대기가 된다.

「의자」, 「모자」, 「식혜 한 사발」 등에서 반복적으로 등장하는 일상의 사물은 시간의 단서이자 기억의 촉매이다. 그는 시간 그 자체를 쓰기보다 시간을 머금은 사물들을 통해 간접적으로 시간을 이야기하는 법을 알고 있다. 이는 빼어난 문학적 기교인데 보들레르가 말한 '기억의 향기'처럼, 물질을 통해 시간을 불러오는 상징적 회상의 기법이다.

「작가의 말」에서 그는 "기억들이 춤추는 드라마"라고 수필을 표현한다. 이는 글쓰기를 통해 자신의 시간을 보관하려는 욕망의 반영이다. 삶이 흘러가고 몸은 늙어가지만 그의 글 안에서만큼은 그 시절의 장면들이 고스란히 현재형으로 살아 있다. 그녀에게 글쓰기는 삶을 떠나보내지 않기 위한 애틋한 저항이자 시간이 흐르지 않게 붙잡아두는 '정지의 언어'이다. 이런 태도는 표제작인 「시간을 담은 노트」에서도 드러난다. 노트는 무언가를 '기록하는 장소'이자 '잊히지 않도록 붙잡아두는 그릇'이다. 손준식의 노트는 일기장이 아니라 시간의 잔존물을 눌러 담은 '기억의 그릇'이다. 이 그릇에는 슬픔과 웃음, 사랑과 미련, 고독과 회복이 뒤섞여 진하게 담겼다.

그의 수필집 전체의 구성은 개인의 일생을 따라가는 순환구조를 띤다. 「엄마의 기도」, 「두 아들 이야기」, 「모자」, 「그 나물에 그 밥」은 유년 시절, 「남편과 술」, 「아홉수와 삼재수」 같은 중년의 결혼 생활, 「손자의 졸업식」에서 보이는 장년 시절, 그리고 「칠곡 한티가는길」, 「레지오장 장례미사」, 「기적의 성모상」에서 드러나는 노년기의 성찰과 신앙적 마무리까지, 이 수필집은 시간의 흐름에 따른 인간 존재의 완만한 여정을 기록한 자서전적 연대기이다.

'작품들이 모아놓은 다양한 순간들'을 강조한다는 점은 이 수필집의 핵심 구성 원리이자 서사적 미학이다. 그래서 우리는 이렇게 말할 수 있다. "삶은 흐르지만 순간은 머문다." 그 삶들은 직선적 서사로 풀어지지 않는다. 대신 단편적이고 다층적인 순간들을 모아놓음으로써 독자로 하여금 시간과 기억, 감정과 사유를 자유롭게 넘나드는 체험을 가능케 한다. 각 수필은 하나의 에피소드이며 동시에 하나의 정서적 결절점으로 작용하며 전체를 이루는 조각들로서 작가의 생을 입체적으로 보여준다. 이런 방식은 삶을 총체로 보지 않고 순간의 연속으로 조망하려는 작가의 시선을 반영한다. 마치 버지니아 울프가 『등대로』에서 삶의 진실은 사건이 아니라 '순간 moments of being'에 있다고 보았듯 손준식도 단순하지만 핵심적인 장면들을 기억 속에 남겨두면서 삶의 진실에 도달하고자 하였다.

문학은 본질적으로 기억의 예술이다. 시간은 유수처럼 흘러도 글은 기억의 강가에 정박한다. 문학이 덧없는 시간 속에서도 삶의 파편들을 붙잡아두는 닻의 역할을 한다. 이는 발터 벤야민이 말한 '이야기의 잔여성', 즉 시간의 흔적을 응축시켜 남겨두는 이야기의 힘과도 맞닿아 있다. 가족의 개념이 유동하는 시대 속에서도 문학은 여전히, 인간이 마음을 내려놓을 수 있는 가장 다정한 '집'을 찾아가는 여정이다.

8. 삶과 존재의 복잡함을 온몸으로 살아낸 '통찰의 인간상'

손준식 수필집에서 가장 뚜렷하게 드러나는 인간상은 '타인을 돌보는 자'로서의 자아이다. 손준식에게 '나'는 언제나 '너'에게 반응하며 너의 아픔, 너의 필요 속에서 나의 삶을 구성해가는 존재이다. 이는 레비나스가 말한 "타자의 얼굴 앞에 선 책임적 주체"의 모습과 닮아 있다.

손준식은 삶의 아이러니와 불완전성을 수용하는 성숙한 인간상을 실천한다. 그의 유머러스한 표현들은 고통과 실수, 늙음과 상실을 비극으로만 대하지 않고 웃음과 언어로 감싸안으며 살아가는 존재의 용기를 보여준다. 이는 쇼펜하우어나 키르케고르가 강조한 실존의 아이러니, 즉 '모순을 껴안고 살아가는 인간의 모습'이다.

작가는 글에서 자신을 규정할 때 항상 누군가의 딸, 아내, 엄마, 할머니로 말한다. 손주의 성장에 따라 젊음을 되찾고 며느리와의 관계에서 배려의 지혜를 배우고, 병상에 누운 남편 곁에서 오히려 존재의 내면을 들여다본다. 이로써 손준식이라는 인물은 관계를 통해 성찰하는 인간이 되며 '상호주체적 존재'가 된다.

"시간은 흘러도 글은 머문다."

"삶은 어지럽지만, 나는 기억으로 정리할 수 있다."

"상처도 사랑도, 결국 한자리에 모인다."

이런 말들은 삶의 가장 깊은 곳에서 길어올린 실존적 진실이며 손준식이라는 인물이 삶과 존재의 복잡함을 온몸으로 품고 살아낸 '통찰의 인간상'임을 증명한다.

손준식 수필집

시간을 담은 노트

지은이_ 손준식
펴낸이_ 조현석
펴낸곳_ 북인
디자인_ 푸른영토

1판 1쇄_ 2025년 04월 30일

출판등록번호_ 313 - 2004 - 000111
주소_ 서울 마포구 동교로19길 21, 501호
전화_ 02 - 323 - 7767
팩스_ 02 - 323 - 7845

ISBN 979-11-6512-506-6   03810